D1722057

d

Banana Yoshimoto

Mein Körper weiß alles

Dreizehn Geschichten
Aus dem Japanischen von
Annelie Ortmanns
und Thomas Eggenberg

Diogenes

Titel der 2000 bei
Bungei Shunju Publishing Co., Ltd.,
erschienenen Originalausgabe:
›Karada Wa Zenbu Shitteiru‹
Copyright © 2000 by Banana Yoshimoto
Die deutschen Übersetzungsrechte
mit der Genehmigung
von Bungei Shunju Publishing Co., Ltd.,
unter Vermittlung des Japan Foreign-Rights Centre
Die ersten sechs Geschichten
wurden von Annelie Ortmanns übersetzt,
die restlichen sieben von Thomas Eggenberg
Umschlagfoto (Ausschnitt) aus dem Bildband
›Tokyo Girls‹, erschienen in der
Edition Reuss, Copyright © Yasuji Watanabe

Alle deutschen Rechte vorbehalten
Copyright © 2010
Diogenes Verlag AG Zürich
www.diogenes.ch
80/10/44/1
ISBN 978 3 257 06751 4

Inhalt

Der grüne Daumen

Ich war in der Bahn eingenickt. Als ich die Durchsage der Station hörte und hastig ausstieg, fühlte ich mich noch halb im Traum. Der Bahnsteig wirkte wie eingefroren in der eisigen Winterluft. Ich wickelte mir den Schal fester um den Hals und trat durch die Sperre.

Draußen stieg ich in ein Taxi und nannte dem Fahrer die Pension, zu der ich wollte, aber er erwiderte, er wisse nicht, wo das sei. Mir fiel wieder ein, dass es sich um eine neue kleine Pension handelte, die offenbar kaum Werbung für sich machte, und bat ihn, mich irgendwo in der Nähe der Adresse aussteigen zu lassen.

Ich stand inmitten von Feldern, in der Ferne blickte ich auf eine sanfte Berglandschaft. Da entdeckte ich ein kleines Schild, das zur Pension wies, und folgte ihm einen schmalen Pfad hinauf.

An die Kälte hatte ich mich gewöhnt und freute mich über die reine, klare Luft. Inzwischen war ich vollkommen wach und begann sogar schon ein wenig zu schwitzen, als ich vor mir plötzlich die Nähe eines alten Bekannten spürte.

Es war im vergangenen Winter, als wir uns Sorgen wegen der Aloe zu machen begannen, die allmählich auf die Straße hinauswucherte.

Mein Vater, meine Mutter und ich hatten die Pflanze ganz vergessen, die meine jüngere Schwester für dreihundert Yen gekauft und neben der Haustür eingepflanzt hatte, weil im Garten kein Platz mehr dafür war. »Aloe hier, Aloe da, du musst das Blattgel einnehmen oder auf den Pickel schmieren, Aloe ist für alles gut, ein wahres Wundermittel!«, hatte meine Schwester uns eine Zeitlang in den Ohren gelegen, aber selbst sie war schnell wieder aus ihrem Aloe-Fieber erwacht, mit dem sie sich in irgendeiner Zeitschrift oder sonstwo angesteckt hatte, und kümmerte sich bald nicht mehr um die Pflanze. Doch obwohl sie fast nie gegossen wurde und da, wo sie stand, kaum Sonne abbekam, wuchs die Aloe prächtig. Zu prächtig, denn ehe wir uns versahen, war sie baumgroß geworden, überwucherte den Weg und fing zu allem Überfluss auch noch an, widerlich geformte Trauben zu bilden, an denen blutrote Blüten aufgingen.

Ich kann mich noch gut an den Tag erinnern, an dem dieses Thema zur Sprache kam. Mein Vater, meine jüngere Schwester und ich saßen um den kleinen Tisch in dem Haus, in dem ich geboren worden und aufgewachsen war. Es schien ein ganz normaler Abend zu werden.

Als meine Schwester und ich klein waren, haben wir zu Hause alles Mögliche an diesem Tisch gemacht: gegessen, gestritten, ferngesehen. Geld zusammengelegt, um Kuchen zu kaufen, den wir dann dort verspeist haben. Unsere Mutter hat ihre Einkäufe darauf abgestellt – die Kaufhaustüte mit ihrer neuen Unterwäsche auch mal neben den getrockneten Fisch fürs Abendessen. Unser Vater hat schon mit dem Gesicht auf der Tischplatte gelegen und seinen Rausch ausgeschlafen, und als meine Schwester in der Mittelschule ihren ersten Liebeskummer durchlitt, hat sie sich dort mit Wein volllaufen lassen, bis sie betrunken vom Stuhl gerutscht und mit dem Kopf auf den Boden geknallt ist. Dieses kleine Viereck war das Sinnbild für unsere Familie. Dort herrschte Körpertemperatur, dort roch es nach Leben – ein weiches, warmes, behagliches Plätzchen. Vor kurzem hat meine Schwester geheiratet und ist ausgezogen. Der Tisch steht zwar immer noch da, aber es kommt kaum noch vor, dass wir uns alle darum versammeln. Meistens sitzt meine Mutter dort allein vor laufendem Fernseher und strickt. So ändern sich die Zeiten.

An jenem Abend meinte mein Vater plötzlich: »Diese Aloe wird langsam zu groß, bald kann der Nachbar kaum noch ein- und ausparken.« Da uns das Umpflanzen lästig war, taten meine Schwester und ich so, als hätten wir seine Bemerkung nicht gehört. »Wenn ihr sie nicht umpflanzt, reiß ich sie raus und schmeiß sie weg!«, drohte mein Vater. »Schon okay, mach nur«, meinten wir und blätterten weiter in unseren Zeitschriften.

So ging das hin und her, bis meine Mutter nach Hause kam, bepackt mit Tüten aus dem Supermarkt um die Ecke. »Hallo Mama«, begrüßten wir sie wie jeden Abend, ohne ihr ins Gesicht zu sehen. Erst als keine Antwort kam, hoben wir die Köpfe und merkten, wie blass sie war. »Was ist los?«, fragte meine Schwester.

»Die Oma! Sie ist doch ins Krankenhaus, weil sie dachte, sie hätte einen Hexenschuss, aber jetzt haben sie Gebärmutterkrebs in weit fortgeschrittenem Stadium bei ihr festgestellt! Sie muss enorme Schmerzen gehabt haben, aber die hat sie einfach ausgehalten, bis es nicht mehr ging. Jetzt ist es für eine Operation wohl zu spät!«

Meine Großmutter lebte allein in einer kleinen Wohnung in einem benachbarten Apartmenthaus. Erst vorgestern hatte sie uns mitgeteilt, sie hätte einen Hexenschuss, und meine Schwester hatte sie mit dem Auto ins Krankenhaus gefahren.

Da meine Eltern beide Einzelkinder sind, haben wir keine große Verwandtschaft, deshalb halten wir im kleinen Kreis umso fester zusammen und besuchten Großmutter jeden Tag abwechselnd im Krankenhaus, mein Vater eingeschlossen. Auf einmal waren wir eine Familie mit anderen Sorgen als dem Wildwuchs einer Aloe-Pflanze. Großmutter kam zwar noch einmal nach Hause zurück, wurde dann aber bald wieder ins Krankenhaus eingeliefert.

Als ich ihr eines Tages ihre geliebten Pfannkuchen mit Anko-Füllung* vorbeibrachte, lag sie friedlich in ihrem Bett und schlief. Es schien ihr gutzugehen. Ich war erleichtert, denn nach Mutters Bericht war es ihr am Tag zuvor wohl erbärmlich gegangen. Sie hatte über solche Schmerzen im Bauch geklagt, dass sie Tränen vergossen hatte.

Sobald ich das Krankenhaus betrat, fühlte ich mich unwohl. Schon in der Eingangshalle wurde ich so kribbelig, dass ich am liebsten sofort kehrtgemacht hätte, aber nach einer Weile gewöhnte ich mich daran. Verließ ich es dann wieder, kam mir draußen alles viel zu intensiv vor. Die Massen von Autos, die über die Kreuzung rollten, die lauten

* Anko: Mus aus roten Bohnen mit Zucker. (A. d. Ü.)

Stimmen der Leute, die meinten, sie würden ewig leben, die vielen Farben, die auf mich einstürmten – all das erschreckte mich. Ich brauchte fast den ganzen Heimweg, um mich wieder daran zu gewöhnen. Mir wurde klar, dass ich mich auf mysteriösem Terrain bewegte, wenn ich zwischen diesen Welten hin und her wanderte. Mir fiel die Geschichte von Orpheus ein, die ich als Kind einmal gelesen hatte. Er hatte es nicht geschafft, seine Frau, die im Reich der Toten wohnte, wieder mit zurückzubringen. Der Geruch ist anders. Der intensive Duft, den das Leben verströmt, wirkt in jener Welt nur noch wie ein aufdringlicher, giftig stechender Abklatsch. Den Geruch des Todes dagegen, der geschwächten Menschen anhaftet, verabscheuen die Leute. Draußen verliert sich dieser Geruch rasch wie Schnee, der in der Sonne schmilzt, aber die Menschen können ihn sofort ausmachen, wie Moschus, da mag er noch so weit weg und flüchtig sein. Sie fürchten ihre geschwächten Artgenossen, die sie an die Endlichkeit des eigenen Lebens erinnern, und wähnen sich dem Tode nah. Dabei muss man sich nur eingewöhnen, um zu erkennen, dass diese beiden Welten ein und dieselbe sind.

Als ich gerade dabei war, die Blumen in der Vase zu ordnen, machte Großmutter die Augen auf und sagte:

»Wie geht es eigentlich meinen Topfpflanzen zu Hause? Gut?«

Großmutter liebte ihre Pflanzen über alles, deshalb ging ich jeden Tag in ihre Wohnung, um ihren Topfblumen Wasser zu geben. Es war nichts Wertvolles darunter, keine Bonsai oder so etwas, nur ganz gewöhnliche Zimmerpflanzen wie Jasmin, Palmenfarn, ein Sarcandra-glabra-Strauch, irgendein Bohnengewächs, das ich nicht zuordnen konnte, Mimosen, eine Pachira, ein Flammendes Käthchen… Und trotzdem meinte ich beim täglichen Gießen zu spüren, wie sehr sich die Pflanzen nach Großmutter sehnten. Mag sein, dass ich mir das einbildete, denn ich war ein ausgesprochenes »Omakind«: Ich war ja praktisch bei ihr aufgewachsen, da meine Eltern bis zur Geburt meiner Schwester beide berufstätig waren. Dass sie sterben würde, konnte ich kaum ertragen. Meine Oma, zu der ich ins Bett gekrochen war, wenn ich mich nachts einsam fühlte. Meine Oma, die jeden noch so kleinen Schatten auf meiner Seele spürte, noch ehe ich es selbst tat, und mir zum Trost meine Leibspeise, Tempura aus Süßkartoffeln, machte. Mit jedem neuen Tag schwand nun ihr Interesse an dieser Welt – und an mir – ein wenig mehr. Ich fühlte mich im Stich gelassen, genau wie die Topfpflanzen. Vielleicht konnte ich mich deshalb so gut in sie hineinversetzen. Oder bildete mir das deshalb ein. »Für die Frau, die sich bisher immer zuallererst um euch oder um mich gekümmert hat, ist es nun an der Zeit, endlich einmal nur an sich zu denken«, versuchte ich mich beim Blumengießen selbst zu beschwichtigen.

Großmutter redete ein paar Worte und schlief sofort wieder ein. Wenn ein Mensch bettlägerig wird, verliert er rasend schnell an Kontur. Das mit anzusehen brach mir fast das Herz. Ein Prozess, den die Menschheit immer wieder durchleben musste, und nun nahm ich selbst daran teil. Und fühlte mich dabei merkwürdig weit weg, so als würde ich alles aus der Ferne beobachten.

Eines Nachmittags, als ich mich schon an dieses Leben zwischen den Welten gewöhnt hatte, kam ich mit gedünstetem Essen, das Mutter für sie gekocht hatte, ins Krankenzimmer, und Großmutter war ausnahmsweise einmal wach.

»Weißt du, früher, da habe ich Alpenveilchen wirklich gehasst!«, sagte sie.

»Ja, das hast du oft genug betont. Ich mag sie auch nicht besonders. Sie sind irgendwie so moorig feucht.«

»Du verstehst viel von Pflanzen, lass dir das von deiner alten Großmutter gesagt sein, wirklich, zu dir würde ein Beruf, der mit Pflanzen zu tun hat, gut passen. Hör auf mit diesem Hostess-Kram.«

Meine Großmutter hatte schon immer etwas dagegen gehabt, dass ich im Rotlichtmilieu arbeitete. Dabei war ich gar keine »Hostess«, sondern Barkeeper in der Bar, die meinem Vater gehörte – aber das konnte ich ihr noch so oft erklären, für sie blieb es ein und dasselbe.

»Wenn du das sagst, werde ich es mir noch einmal überlegen. Aber wie kommst du auf Alpenveilchen?«

»Da vorne am Fenster steht eines, siehst du? Jetzt sind nur noch Blätter da. Aber bis vor kurzem hat es geblüht, was das Zeug hält. Frau Nakahara hat es mir mitgebracht. Am Anfang dachte ich, was für eine traurige Pflanze. Wir sind nie miteinander ausgekommen, ich konnte einfach nicht mit Alpenveilchen umgehen. Wenn man sie nämlich falsch gießt, hängen sie immer so schlaff herunter, und die dicken Stengel sehen wie Würmer aus – einfach ekelhaft. Aber seit ich hier bin und Zeit habe, hat sich meine Einstellung zu Alpenveilchen allmählich geändert. Diese Stengel sind dazu da, Wasser aufzusaugen. Nach dem Gießen strecken die Blüten fleißig und unermüdlich ihr Hälschen der Sonne entgegen, als wollten sie sie erreichen. Wie lebendig ihr seid, denke ich dann und werde nicht müde, sie zu beobachten. Das ist das Schöne, wenn man mehr Zeit hat. Und da ich mich jetzt mit den Alpenveilchen angefreundet habe, traue ich mir sogar zu, sie auch drüben zu halten.«

»Sag doch so was nicht!«

Ob man denn erst lieben lernen muss, was man bislang gehasst hat, um für jenen Ort bereit zu sein?, dachte ich, und mir wurde schwer ums Herz.

Im Frühjahr war Großmutter nur noch selten bei Bewusstsein. Alle drei Tage etwa kam sie kurz zu sich, konnte aber kaum noch etwas sagen, außer vielleicht unsere Namen oder ein paar Worte wie »Oh, der liebe xy ist da«.

An jenem Abend hielt ich ihre Hand. Sie war kalt. Ich starrte auf die Stelle, die sich durch die Infusionsnadel blaugrau verfärbt hatte. In ihren Mundwinkeln stand weiß der angetrocknete Speichel, doch sogar dieser Anblick war mir lieb und teuer.

Da brachte sie plötzlich hervor: »Die Aloe, sie sagt: ›Bitte schneidet mich nicht ab!‹«

Ihre Stimme klang so dünn und brüchig, dass ich erst gar nicht richtig verstand, was sie gesagt hatte.

»Die Aloe, bei euch, neben dem Parkplatz. Sie sagt, es tut ihr weh, wenn das Auto drüberfährt.«

Und: »Sie heilt Pickel, sie heilt Wunden, und sie blüht sogar, deshalb sollt ihr sie bitte leben lassen!«

Wie in Trance sagte sie das, immer nur wenige Worte hintereinander, als höre sie von irgendwoher eine Stimme. Mir lief es kalt den Rücken herunter. Warum war ich ausgerechnet jetzt allein mit ihr, fragte ich mich.

»Du hast einen Sinn dafür, davon bin ich überzeugt, du kannst ihre Gefühle nachempfinden, und dieses Gespür ist das Wichtigste beim Umgang mit Pflanzen. Wenn du dieser Aloe hilfst, werden dich in Zukunft alle Aloen lieben, wo auch immer du einer begegnest. Pflanzen halten zusammen, sie stehen für ihre Artgenossen ein.«

Nachdem sie das alles in einem Atemzug hervorgestoßen hatte, schlief sie sofort ein.

Bald darauf kamen meine Mutter und meine Schwester, um mich von der Krankenwache abzulösen, aber ich brachte es einfach nicht fertig, ihnen davon zu erzählen. Ich bekam kein Wort heraus, meine Kehle war wie zugeschnürt. Schließlich murmelte ich nur: »Tja, dann will ich mal«, und verließ das Krankenhaus. Der Himmel draußen war klar, der Mond war aufgegangen. Die Leute eilten mit unbeschwertem Gesicht heimwärts. Die Scheinwerfer der Autos erhellten den dunklen Asphalt wie in einer Traumlandschaft. Still ging ich zu

Großmutters Wohnung. »Entschuldigt, dass es so spät geworden ist!«, begrüßte ich die Pflanzen und gab ihnen Wasser. Als ich das Licht anmachte, offenbarte der blendend weiße Schein der Neonröhren Großmutters ganzes bescheidenes Leben, wie es sich im Zimmer verankert hatte: die luftig weichen Sitzkissen, die kleine Kristallvase. Pinsel und Tuschstein, ihre ordentlich gefaltete weiße Schürze. Die Glasvitrine voller Souvenirs, die sie von ihren Reisen mitgebracht hatte und die das Flair ferner Länder verströmten. Ihre Brille, die Taschenbücher, die kleine Golduhr. Großmutters Geruch, wie nach altem Papier. Mir wurde schwer ums Herz, und ich löschte das Licht. Da merkte ich, wie die Pflanzen vor den Fensterscheiben durchatmeten. Eingerahmt vom Mondlicht, das von draußen hereinfiel, strotzten sie vor sattem Grün. Es funkelten die Wassertropfen, die noch vom Gießen auf den Blättern standen. Ich blieb lange still auf dem dunklen Tatamiboden sitzen und betrachtete sie. Dabei wurde mir allmählich wieder leichter ums Herz. Langsam begriff ich, dass das, was ich hier sah, weder traurig noch schmerzlich, sondern im Gegenteil beglückend und gut war: die ganz gewöhnlichen Spuren des gelebten Lebens eines Menschen. Mir war, als hätten mich die Pflanzen gelehrt, besser nicht dem ersten Eindruck zu vertrauen, den ich mit meinen von Traurigkeit getrübten Augen gewonnen hatte. Diese wundervollen Wesen, die zum Leben nur Sonne, Wasser und Liebe brauchen.

Als ich nach Hause zurückkam, ging ich nicht durch die Haustür hinein, schloss stattdessen das Gartentor auf, lief zum Schuppen und holte eine Schaufel und die Schubkarre heraus. Damit ging ich zur Haustür zurück und grub vorsichtig die Aloe aus. Sie war wirklich riesengroß geworden, vor allem, wenn man die Wurzeln mit berücksichtigte, und da ich mit bloßen Händen zugange war, pikten mich die Stacheln. Dennoch schaffte ich es irgendwie, sie in den Garten zu transportieren, wo ich sie an einer Stelle einpflanzte, die tagsüber lange in der Sonne lag. Mit Erde beschmiert, strotzte die Aloe im dunstigen Schein des großen Frühlingsmondes nur so vor Lebenskraft. Jetzt wäre eigentlich der Moment gewesen, sich in einen Menschen zu verwandeln und »Danke!« zu sagen, doch nichts dergleichen geschah: Sie lebte einfach nur weiter, mit aller Kraft, schob ihre Wurzeln in alle Richtungen vor und breitete die Blätter aus. Wieder einmal hatte ich das Gefühl, ermutigt worden zu sein.

Nachdem Großmutter gestorben und die Bestattungsfeier vorüber war, begann ich tagsüber eine Berufsschule zu besuchen, während ich abends weiter in Vaters Bar arbeitete. Ich hatte beschlossen, einen Blumenladen zu eröffnen, und dazu musste ich mir das nötige Wissen aneignen. Für eine Gärtnerausbildung würde es wohl nicht ganz reichen, so hatte ich mich selbst eingeschätzt. Ich wollte ein ganz normales Blumengeschäft aufmachen, um Farbe in das Leben ganz normaler Leute zu bringen, die in ganz normalen Wohnungen lebten. Sich Blumen zu leisten sei keine Frage der Größe des Geldbeutels, sondern des Herzens, hatte Großmutter immer gesagt. Vater wollte mir seine Bar übergeben, wenn er sich zur Ruhe setzte, und da es Großmutters Letzter Wille war, hatte er mir erlaubt, aus dem Ladenlokal dann ein Blumengeschäft zu machen. Die Arbeit in der Bar würde ich aufgeben müssen, um bei einem Blumenhändler in die Lehre zu gehen, außerdem musste ich mir noch Floristik und die Kunst des Blumensteckens aneignen. Der plötzliche Berufswechsel würde sicher viele Probleme mit sich bringen, doch solange ich einen Grund hatte, für den sich die Anstrengung lohnte, würde ich es schon schaffen, dachte ich mir und beschloss, es anzupacken. Wenn ich jeden Tag einen Schritt weiterging, ohne zu verzagen, würde sich der Weg schon auftun. Jedenfalls blieb mir nichts anderes übrig, als es so zu machen wie damals bei der Ausbildung zum Barkeeper:

tagaus, tagein schön bescheiden bei der Stange bleiben. Großmutters letzte Worte hatte ich immer noch im Ohr. Ich mochte noch so oft zurückblicken auf die unbeschwerten Tage am Familientisch, auf die naive kleine Person, die ich einmal gewesen war, als ich es fertiggebracht hatte, fahrlässig mit dem Leben der Aloe zu spielen – ich konnte nicht mehr zurück. Wenn ich einmal starb, wollte ich auch so ein hübsches, sauberes Heim hinterlassen, selbst wenn ich allein wäre und die Wohnung noch so klein. Das Bild an jenem Abend von Großmutters Wohnung, in der ihre geliebten Topfpflanzen weiterlebten, ging mir nicht mehr aus dem Kopf.

Ich bekam nur selten ein paar Tage frei, und daher hatte ich, als der Mann meiner Schwester plötzlich Fieber bekam und sie nicht mitfahren konnte, beschlossen, die Reise allein zu unternehmen. Jetzt war ich also hier in den Bergen und meinte, die Nähe eines alten Bekannten zu spüren. Es war der erste Winter nach Großmutters Tod, aber mir kam es vor, als läge das alles schon Jahre zurück. Im schon fast spöttisch grellen Orange der winterlichen Abendsonne schaute ich mich mit zusammengekniffenen Augen um. Ich fühlte mich irgendwie sacht umhüllt, von gütigen Blicken, von etwas Heißem, Vertrautem.

Ich rechnete schon damit, Großmutters Geist zu begegnen. Das erschreckte mich nicht, Hauptsache, ich könnte sie wiedersehen. Doch was meine Augen dann in dem kleinen Garten eines Bauernhauses erblickten, waren viele, viele, wirklich erschreckende Massen von Aloe-vera-Pflanzen – einen ganzen Dschungel davon.

Die Aloen standen in der Sonne und schienen mir etwas sagen zu wollen. Mit ihren stacheligen, fleischigen Blättern, die sie, kreuz und quer übereinandergeschoben, weit hinauf in den Winterhimmel reckten, und den unzähligen roten Blüten, die so merkwürdig zackig und plump aussahen, schienen sie mir ihre Freude am Leben vermitteln zu wollen. Eingehüllt in die Liebe der Aloen, fühlte ich mich auf einmal wie von Sonnenstrahlen erwärmt. Aha, so fügte sich also allmählich alles zusammen: Von nun an sollten für mich alle Aloen, wann und wo ich ihnen auch immer begegnete, mit Freundlichkeit und Wärme verbunden sein. Jede Aloe war die Freundin der Aloe, die ich in jener Nacht umgepflanzt hatte – und damit auch meine. Wir waren eine Gemeinschaft eingegangen, genau wie unter Menschen üblich, um uns gegenseitig zu beschützen, und es würden noch viele andere Pflanzenarten dazukommen. Großmutters Vermächtnis an mich war jene Kraft, die mir in Zukunft sicher nützlich sein würde, auch wenn sie auf irrationalem Aberglauben beruhen sollte: der sprichwörtliche »grüne Daumen«. Mit diesem Talent würden die Pflanzen unter meinen Händen nach Herzenslust ihr Leben entfalten und gedeihen können. Und damit würde ich auch mit den Menschen verbunden sein, die einer solchen Arbeit nachgingen.

Ich zog meine Handschuhe aus und berührte sanft die stacheligen Blätter, die ich früher so abscheulich gefunden und so achtlos behandelt hatte, dass sie mir höchstens dann einfielen, wenn ich sie brauchen konnte: bei Sonnenbrand. Das junge Grün leuchtete wie Edelstein, und die Blätter fühlten sich glatt und kühl wie Seide an. Ermutigt und bestärkt, als hätte mir jemand die Hand gereicht, ging ich weiter den steilen Pfad hinauf.

Ruderboote

Ja also, es gibt da eine rätselhafte Erinnerung, die mich einfach nicht loslässt: Jedes Mal wenn ich in einen Park gehe und Ruderboote sehe, die auf einem See in einer Reihe liegen, befällt mich dieses Gefühl, das kaum auszuhalten ist – aber ich kann mich eben nur noch bruchstückhaft an die Ereignisse von damals erinnern«, begann ich.

»Wenn du sagst, das Gefühl dabei sei kaum auszuhalten – heißt das, es liegt dir irgendetwas schwer auf der Seele oder ist mit schmerzhaften Empfindungen verbunden? Dann sollten wir die Sache nämlich nicht auf die leichte Schulter nehmen, sondern erst einmal nur darüber reden.«

»Nein, nein, im Gegenteil: Es ist eher ein schönes Gefühl, herzzerreißend schön. Deshalb möchte ich mich ja so gerne genauer daran erinnern, wenn es irgendwie möglich wäre. Ungefähr zusammenreimen kann ich es mir ja noch, nur die Einzelheiten sind mir nicht mehr gegenwärtig, aber mir scheint, als läge gerade in den Details das Wichtige für mich verborgen. Es muss sich in der Zeit abgespielt haben, als man mich als kleines Kind von meiner Mama getrennt hat. Da sich aber in meinem Heimatort damals so gut wie alles in diesem Park mit See abgespielt hat, ist in meinem Gedächtnis alles Mögliche durcheinander abgespeichert, von Chronologie ganz zu schweigen, so dass ich nur noch Bruchstücke zusammenbekomme.«

»Gut, dann schließe die Augen. Atme ruhig ein und aus. Du wirst bei Bewusstsein bleiben und alles mitbekommen, ich werde dich nur Schritt für Schritt zurück durch deine Vergangenheit führen«, sagte die Therapeutin.

Meine Freundin war durch die ermüdende Suche nach einem Arbeitsplatz in eine leichte psychische Krise geraten, und ich hatte sie zu einer Spezialistin für Hypnotherapie begleitet. Mich kannte dort auch jeder, da sie mich jedes Mal mit dabeihaben wollte und ich während etlicher Monate so oft im Wartezimmer gesessen und auf sie gewartet hatte. Sie ließ sich immer den letzten Termin am Tag geben, außerdem war die Therapeutin, eine Frau mittleren Alters, eine Bekannte der Mutter meiner Freundin, weshalb wir es uns zur Gewohnheit gemacht hatten, im Anschluss an ihre Sitzung noch alle zusammen einen Tee zu trinken und uns ein wenig zu unterhalten. Bei einer dieser Gelegenheiten hatte ich aus einem plötzlichen Impuls heraus nach den Möglichkeiten der Hypnotherapie gefragt, und so kam es, dass wir beim nächsten Mal die Plätze tauschten und nun nach dem forschten, was mich nicht mehr losließ.

Ich reiste Jahr um Jahr zurück durch mein Leben, bis ich wieder sechs war. Mein Körper fühlte sich schwer an, und meine Stimme klang weit weg und belegt.

»Du bist sechs Jahre alt. Fällt dir jetzt irgendetwas Besonderes ein, wenn du an Ruderboote denkst? Kannst du die Boote sehen?«

In meinem Dämmerzustand, die Augen geschlossen, halb schlafend, fielen mir zuerst die auf nächtlichem Wasser schwimmenden Ruderboote ein, begleitet von dem quietschenden Geräusch, das sie beim Schaukeln machten. Dann, mit unerwarteter Dynamik, verwandelte sich die Dunkelheit hinter meinen Lidern plötzlich in einen Anblick, so schön, dass er nicht von dieser Welt schien:

Wasser, in dem sich allerlei Lichter spiegelten… der See. Die Boote lagen in einer Reihe am Ufer und schaukelten leise im Wind. Den See säumten Teppiche aus Lotospflanzen, deren große, pinkfarbene Blüten sich weit in die Dunkelheit hinein öffneten. Ich blickte auf ein Meer von Blüten, das fast bis ans andere Ufer reichte. Klein leuchtete der Mond am Himmel. Das zarte, blasse Pink der Lotosblumen war von so ungeheurer Schönheit, dass es sich in meine Augen brannte und mir das Sichtfeld verschwamm.

»So muss es im Paradies aussehen, meinst du nicht auch?«, sagte die Frau, die mich an der Hand hielt.

»Ja, Mama«, antwortete ich und blickte zu ihr auf. Plötzlich konnte ich mich wieder ganz deutlich an dieses Gesicht erinnern, das ich fast vergessen hatte: die großen Augen, in denen ein starker Wille funkelte, die fremdländisch wirkende, hohe Nase, die bunte, seltsam anmutende Kleidung, die Piercings… Und dieser süßliche Geruch nach Alkohol, der sie ständig umgab.

Unter der Führung der Therapeutin erschloss sich mir das ganze Bild, und auf einmal konnte ich genau nachempfinden, wie ich mich damals gefühlt hatte, bis hin zu den schmerzlichen Punkten. So wurde ich in die Lage versetzt, mich wieder an alle Einzelheiten jener Nacht zu erinnern.

Als die Hypnose vorbei war, klopfte mir das Herz bis zum Hals, und ich kämpfte mit den Tränen.

Warum hatte ich das bloß vergessen?!, fragte ich mich. Als ob es diese Nacht nie gegeben hätte!

»Vielen Dank, dass Sie meinem Gedächtnis auf die Sprünge geholfen haben! Diese Erinnerung ist nämlich sehr, sehr wichtig für mich«, brachte ich endlich nach einer ziemlich langen Schweigepause heraus, als sich meine Freundin und die Therapeutin schon Sorgen zu machen begannen.

Berühmte Sehenswürdigkeiten besaß mein Heimatort nicht, dafür gab es dort ein kleines Schloss, das inmitten eines Parks mit einem großen See lag. Besonders interessant war der Blick von diesem See aus auf die Schlosssilhouette: Man hätte direkt durcheinanderkommen können, in welchem Zeitalter man sich gerade befand, denn Neonlampen spiegelten sich im Wasser, während man gleichzeitig auf den großen Schlossturm weit weg am anderen Ufer blickte, im Hintergrund der Mond am Himmel. Und es gab Buden, an denen Crêpes und Takoyaki* verkauft wurden.

Das war der See aus meinen Erinnerungen.

Ich wusste noch ganz genau, wie es war, als ich eine neue Mutter bekam – daran erinnerte ich mich

* Takoyaki: kleine Kugeln aus Pfannkuchenteig mit eingebackenen Oktopus-Stückchen; traditioneller Budenimbiss auf japanischen Volksfesten. (A. d. Ü.)

oft. Ich hatte diese Frau sehr gern, so gern, dass ich aus tiefstem Herzen an sie dachte, wenn es mir wirklich schlechtging und ich eine Mutter brauchte. Wie wundervoll es doch wäre, hatte ich mir schon zigmal ausgemalt, wenn sie meine richtige Mutter wäre. Deshalb konnte ich mich auch so gut an den Tag erinnern, als dieser Traum endlich Wirklichkeit wurde. Mein Vater und ich saßen auf einer Bank mit Blick auf den See und warteten auf sie. Es war ein kalter Wintertag. Ich war sieben Jahre alt, hatte die Hände in den Manteltaschen vergraben und ließ die Beine baumeln. Ich wartete. Mein Vater war nervös und angespannt. Trotzdem spielte er den starken, coolen Mann. Wir warteten und tranken dabei Amazake*. Herrlich heiß, milchig weiß und schön süß. Wie lecker!, dachte ich. Matt glänzend und schwer hing der Himmel über uns, so als würde es jeden Moment zu schneien anfangen. Mein Gesicht fühlte sich kalt an.

Da kam meine neue Mutter angelaufen. In ihrem orangefarbenen Mantel kam sie mit zappelnden Bewegungen aus Richtung Bahnhof angerannt. Mein Vater war schrecklich aufgeregt. Auf dem Wasser schwamm kein einziges Boot, glatt und still lag der See. Die Fensterscheiben der Gebäude warfen

---

* Amazake – „süßer Reiswein": ein traditionelles, alkoholfreies Heißgetränk aus fermentiertem Reis. (A. d. Ü.)

den grauen Glanz des Himmels als undefinierbare Farbe zurück. Tauben tapsten heran und liefen wieder weg.

Mein Vater und meine neue Mutter tauschten einen kurzen Gruß.

Dann nahm meine neue Mutter meine kalte Hand und sagte: »Jetzt werde ich endlich deine richtige Mutter, Miyo-chan. Versprochen!«

Sie sagte das, glaube ich, weil ich ihr zuvor mehrmals eine Szene gemacht und mich bitterlich beklagt hatte, warum sie denn nicht meine richtige Mutter werden wolle. Dann sah ich, wie sich ihre Augen mit Tränen füllten, und musste ebenfalls weinen. Wir weinten dort eine ganze Weile so zusammen weiter. Ich konnte nicht aufhören, bis mir das Gesicht weh tat. Ich weiß noch, wie sich in der kalten Luft damals nur die Tränen auf meinen Wangen und unsere Hände, die wir fest gedrückt hielten, heiß anfühlten. Wenn man weint, rückt einem die Umgebung näher. Damals kam mir alles – die Tauben, das Schloss, der See – wie ein Teil von mir vor. Selbst die Kieselsteinchen unter meinen Füßen waren mir plötzlich sehr vertraut. Ich hatte das Gefühl, die ganze Umgebung würde mir zuraunen: Alles ist gut, du brauchst dich nicht mehr abzustrampeln! Ich war nämlich am Ende meiner Kräfte.

»Werden wir denn glücklich zusammen?«

»Und ob wir zusammen glücklich werden!«, versprachen wir uns gegenseitig.

Ich kann mich sogar noch an den hellbraunen Mantel erinnern, den mein Vater trug, während er uns beide heimlich bei unserem Treueschwur beobachtete – wie er schüchtern dastand und immer wieder zu seiner Tochter und seiner neuen Ehefrau herüberblinzelte.

Aber meine eigentliche Mama, von der ich doch an genau demselben Ort Abschied genommen hatte, hatte ich vergessen.

Von meiner Mama bin ich einmal für ein paar Tage entführt worden.

Mama war alkoholsüchtig. Man hatte ihr das Sorgerecht für mich entzogen, und da war sie mit mir abgehauen.

Daran konnte ich mich gut erinnern. Mama reiste mit mir ins luxuriöseste Onsen*-Gasthaus der Gegend, wo wir drei Tage und drei Nächte lang aßen, tranken und ausgiebige Bäder in den heißen Quellen nahmen. Jeden Abend jammerte Mama: »Bleib doch bei mir – dann machen wir so was die ganze Zeit!« Und ich erwiderte: »Ich brauche so was nicht, Mama, aber ich bleibe trotzdem bei dir!«

---

* Onsen: eine natürliche heiße Quelle, meist mit angeschlossenem traditionell japanischem Gasthaus. (A. d. Ü.)

Am letzten Abend brach Mama im Bad zusammen, da sie tagelang zu viel getrunken hatte. Mein Vater wurde benachrichtigt, und so wurden wir unerwartet schnell wieder aufgespürt. Ich weiß auch noch, wie ich vom luftig weichen Hotelfuton aus traurig auf Mamas Rücken blickte, während sie mit meinem Vater telefonierte. »Du kannst sie sehen, wann immer du willst«, beteuerte mein Vater am anderen Ende der Leitung, und Mama sagte kleinlaut: »Ja, gut«, und nickte wie ein Kind. Dann kam Mama zu mir in den Futon gekrochen und weinte bitterlich. »Am liebsten möchte ich für immer bei dir bleiben, keine Sekunde will ich mich von dir trennen, ich hab dich doch so lieb, als wärst du ein Teil von mir«, wiederholte sie immer wieder. Für mich war das alles ein Rätsel: Ihre nassen Haare störten mich und ihr Atem, der nach Alkohol roch, aber sie war mir jetzt doch so nah, ich brauchte nur die Hand auszustrecken, um sie zu berühren, wir waren zusammen im Bad gewesen, sie hatte mich von Kopf bis Fuß gewaschen, und eben beim Abendessen hatten wir noch die Beilagen getauscht – wie war es da nur möglich, dass ich sie nie mehr wiedersehen würde, dass wir nicht zusammen leben durften, dass der Staat so etwas bestimmen konnte und dass ausgerechnet meine Oma, die doch immer so lieb zu mir war, das auch noch gutheißen sollte – all das verstand ich nicht, und es machte mir Angst.

Dann, in dieser letzten Nacht, haben wir voneinander Abschied genommen, meine Mama und ich, in jenem Park, unter Kirschbäumen, die ihr üppiges grünes Sommerlaub trugen. Es roch nach dem Wasser des Sees. Ein Geruch, der ein wenig dem des Meeres ähnelte.

»Komm mal her, Miyo-chan«, sagte meine Mama in die Dunkelheit hinein.

Ihr Schatten schien im satten Grün zu schweben. Dann kletterten wir zusammen durch die aneinandergeketteten Ruderboote, manchmal hielt sie mich nur an der Hand, manchmal hob sie mich über den Bootsrand, bis wir etliche Boote überquert und das erreicht hatten, das der Mitte des Sees am nächsten lag.

Wir konnten zwar nicht einfach davonrudern, da die Boote zusammengebunden waren, aber wir setzten uns einander gegenüber auf die Ruderbänke, und schon sah es aus, als glitten wir über das Wasser. Jedes Mal wenn unser Gewicht das Boot leicht zum Schaukeln brachte, breitete sich ein Wellenring über die Wasseroberfläche aus. Wie im Traum lag ein endloser Teppich aus Lotosblumen vor uns, die Blätter wie Handteller gen Himmel gerichtet. Am liebsten wäre ich an Ort und Stelle geschrumpft, um für immer zwischen ihnen zu verschwinden. Ich hasste Abschiedsszenen, sie verletzten meine Kinderseele.

Je schöner sich diese Nacht entwickelte, umso trauriger wurde sie auch.

Leise quietschend schaukelten die Boote hin und her. Sanft strich der Sommerwind über die Wasseroberfläche dahin, als schleckte er sie ab.

»Weißt du, die Mama wird jetzt zu jemandem ziehen, den sie sehr gern hat. Und dieser Mann mag Waffen«, sagte Mama. In der einen Hand hielt sie eine Flasche Grappa. Das war der Schnaps, den sie ständig wie Wasser aus der Flasche trank, wie ich später im Erwachsenenalter rekonstruieren konnte, da ich mich an das auffällige Bild auf dem Etikett ihrer Stammmarke erinnerte.

»Waffen? ... Etwa Pistolen und so?« Selbst meinem Kindergemüt war in dem Moment klar, dass das nichts Gutes zu bedeuten hatte.

Mama lächelte. »Aber das heißt doch nicht, dass er es mag, Leute abzuknallen! Es heißt nur, dass er gerne schießt. Er sagt, er mag es, eine Waffe in der Hand zu halten, weil ihre Schwere ihn sofort an Leben und Tod denken lässt. Und wenn man sie erst abfeuert, sagt er, fährt einem ein solcher Schock durch die Glieder, dass man augenblicklich das Leben begreift, das eigene wie das der anderen. Diesen

Reiz will er nie mehr missen, sagt er, keinen Moment mehr will er ohne dieses Wissen sein. Für die Mama ist es das erste Mal, dass sie einem Menschen begegnet, der so ernsthaft über das Leben nachdenkt, weißt du – wie verzaubert bin ich von ihm. Guck dir doch die anderen Leute mal an, alle, wie sie da sind – also *ich* kann bei denen kaum unterscheiden, ob sie noch leben oder schon tot sind!«

»Werde ich dich nie mehr wiedersehen, Mama?«

»Dieser Mann und ich haben vor, nach Hawaii zu gehen. Dort wollen wir eine Crêperie eröffnen. Komm mich doch mal besuchen, wenn du groß bist! Du kannst jederzeit kommen, wann immer du Lust hast! Dann backe ich dir zuckersüße Crêpes, so viele du magst und ganz umsonst. Und ich werde stolz in der Nachbarschaft herumlaufen und jedem erzählen, dass du meine Tochter bist! Ich werde nie mehr ein Kind bekommen, das verspreche ich dir, du wirst meine einzige Tochter bleiben, das steht fest!«

Das mit den Crêpes mag erfunden gewesen sein, weil direkt vor uns eine schon dunkle Bude mit dem Anschlag »Crêpes« zu sehen war, aber das mit dem Kind war ihr voller Ernst, ganz sicher. Denn als sie das sagte, funkelten ihre Augen, dass mir angst und bange wurde. Dann meinte Mama es nämlich immer ernst. Das wusste ich, weil dasselbe Funkeln in ihren Augen lag, als sie mit dem großen Küchenmesser auf Vater losgegangen war, und auch, als ich sie einmal angelogen hatte und sie so lange auf mich einschlug, bis meine Nase blutete.

»Ja«, sagte ich und nickte.

Dann saßen wir noch eine ganze Weile schweigend zusammen in dem Ruderboot. Ohne ein Wort zu sagen und so lange, bis wir es nicht mehr aushalten konnten und beide aufs Klo mussten. Wir sogen diese schöne Nacht ganz tief in uns ein, so als hätten wir es darauf angelegt, uns selbst zu quälen. Merkwürdigerweise dachte ich die ganze Zeit fieberhaft: »Ich muss mir das alles unbedingt gut einprägen!« Und dabei haben meine Augen bestimmt dasselbe Funkeln versprüht wie Mamas.

»Vergiss deine Mama nicht, hörst du. Aber trauere auch nicht der Vergangenheit hinterher!«, sagte Mama dann. Hinter ihrem klaren, entschlossenen Profil sah ich die Lotosblumen und das Schloss. Ein Mensch wie Mama passte nicht in diese kleine Stadt. Das wurde mir in diesem Moment klar. Sie würde hier verrotten und zugrunde gehen wie diese aneinandergeketteten Ruderboote, dachte ich.

Unter Tränen rief Mama meinen Vater an. Die Telefonzelle leuchtete in der Dunkelheit. Mamas Rücken wurde rund, wenn sie weinte. Der See, die Lotosblumen, das dunkle Wasser unter der glitzernden Oberfläche, die Neonlichter, die Silhouette des Schlosses… das alles war viel zu schön, die Welt war viel zu groß. Die Brust wollte mir zerspringen.

»Papa kommt dich jetzt abholen. Uh-huhuhu, uh-huhuhu…« Mama schluchzte auf und umarmte mich. Ihre Wange fühlte sich heiß an, als sie meine berührte. In der schwülen Sommernacht war mein T-Shirt nass von Schweiß. Ein schwerer Geruch lag in der Luft, eine Mischung aus Wasserdunst und Pflanzengrün. Mama presste mich nicht etwa fest an sich, sondern umarmte mich, indem sie mit ihren Armen sachte einen großen Kreis um mich herum bildete. Als wäre ich ein rohes Ei.

Dann rannte sie los, rannte Richtung Parkausgang, weinend, taumelnd, aber ohne sich umzusehen. Am liebsten wäre ich hinter ihr hergerannt. Andererseits wollte ich auf keinen Fall mit dem Kerl, der Waffen mochte, nach Hawaii ziehen – nein, danke! Ich wollte mein ruhiges Leben in aller Ruhe weiterleben. Um ehrlich zu sein, war ich Mamas Eskapaden genauso müde wie mein Vater. Trotzdem wäre ich am liebsten hinter ihr hergerannt. Ich wollte alles zurücklassen, um mich in Mamas Arme zu werfen und an ihr festzuklammern. Ich wollte losschreien. Es kamen keine Tränen. Der Mond war aufgegangen. Wenn er wieder untergeht und es Morgen geworden ist, wird alles vorbei sein, dachte ich. Bitte, lieber Gott, halte doch irgendwie die Zeit an! In der Dunkelheit roch es noch ein wenig nach Mama, und die Lotospflanzen ließen ihre noch nicht aufgeblühten Knospen über dem Wasser schweben. Bitte, lieber Gott, lass alles, wie es ist, irgendwie.

Dann kam mein Vater mich abholen. Ich glaube, er hat mich auf seinen Schultern nach Hause getragen, und ich habe die ganze Zeit geweint.

An die Zeit danach konnte ich mich partout nicht mehr erinnern.

Der tiefe Schock und die ungeheure Verunsicherung aus dieser Erfahrung haben mich offenbar eine Zeitlang verstummen lassen; ich musste Medikamente nehmen und soll sogar ein paarmal im Krankenhaus gewesen sein.

Es war schon dunkel, als ich nach der Hypnose mit meiner Freundin die Praxis der Therapeutin verließ.

»War es etwas Gutes, an das du dich zurückerinnert hast?«, fragte mich meine Freundin gleich auf der Straße, als hätte sie ihre eigene depressive Krise schon vergessen. Sie fragte halb aus Neugier, halb, weil sie sich verantwortlich fühlte. Aber ihren Augen war anzusehen, dass sie es gut meinte.

»Ja, an eine Episode mit meiner Mama, von der ich getrennt wurde, als ich klein war.«

»Und was macht sie jetzt?«

»Ehrlich gesagt, ich weiß es nicht…«

»Was für ein Mensch war sie denn so?«

»Sie war auf jeden Fall eine schöne Frau.«

»Aha. Ich habe ja deine jetzige Mutter immer für deine richtige gehalten, Miyo-chan…«

»Sie ist ja auch wie eine beste Freundin für mich. Es ist jetzt schon vier Jahre her, seit ich zum Studium hierhergezogen bin, aber wir telefonieren immer noch fast täglich miteinander, und wenn sie Streit hat mit meinem Vater, kommt sie her und übernachtet bei mir.«

»Sachen gibt's…«

»Ja, bei Menschen ist alles möglich«, antwortete ich.

Nanu, was war denn das?, habe ich mich schon oft gefragt, wenn ich draußen in der Natur war, denn auf einmal fühlte ich mich irgendwie so zart umhüllt. Es war, als habe mich jemand in den Arm genommen – ganz sanft, als wäre ich ein rohes Ei. Nun kannte ich endlich den Grund dafür. Jetzt, da ich mich erinnert hatte, würde ich wohl mehr noch als zuvor die Nähe und Lebendigkeit der Welt zu spüren bekommen.

Durch die Erinnerung an Ruderboote, die im

Dunkeln auf dem Wasser schwammen, an die sanfte Umarmung, als wäre ich ein rohes Ei – durch die Erinnerung an jene Frau, die meine Mama war.

Abendsonne

Am schlimmsten war die Tauchphase. Da ist er nach Saipan geflogen, um seinen Tauchschein zu machen, und über ein halbes Jahr fortgeblieben.

Hätte er sich drüben bloß eine Freundin angeschafft, damit hätte ich mich ja noch abgefunden, aber nein, er wollte, dass ich nachkomme. Wie schön, freute ich mich anfangs, nahm Urlaub und flog hin, aber dann zog sich das Ganze dermaßen in die Länge, dass ich schließlich meinen lukrativen Job im Rotlichtmilieu aufgeben musste – in einem Laden, an den ich mich gewöhnt hatte und in dem ich mich ganz zu Hause fühlte. Derart magisch war die Anziehungskraft, die er auf mich ausübte. Er brachte mich dazu, dass es mir egal wurde, mein eigenes, bescheidenes Leben, das ich mir aufgebaut hatte – sei es meine Stammkunden, die mich gefördert hatten, oder die nette »Mama-san« der Bar, meine mir wohlgesonnene Chefin, oder meine Kolleginnen, die anderen Hostessen – zu vernachlässigen. Wie besoffen fühlte ich mich jeden Tag, den ich mit ihm zusammen verbrachte. Obwohl ich mich damals noch nicht einmal fürs Tauchen interessierte, war seltsamerweise ein Tag schöner als der andere: Der Himmel wirkte blauer, das Meer weiter und strahlender. Nur noch ein Tag, ein einziger Tag… und noch ein Tag, sagte ich mir und ließ unterdessen mein mühsam aufgebautes, eigenes, kleines Leben hinter mir.

Vor dem Tauchen hatte es ihn nach Hokkaidō gezogen, davor war es das Mountainbiken gewesen; einmal hat er sich bei einem Kalligraphiemeister in Yamagata eingenistet, und in Thailand ist er ins Kloster gegangen, um Mönch zu werden. Und jedes Mal wenn ihm an den verschiedenen Orten »irgendetwas zu fehlen« schien, hat er mich zu sich zitiert. Man könnte jetzt sagen, selbst schuld, wenn ich nachgebe und ihm folge, aber das ging nun schon so, seit ich sechzehn war – immer nach demselben Muster. Mittlerweile bin ich fünfundzwanzig – aus ihm ist ein merkwürdiger Kauz geworden, der die unterschiedlichsten Fertigkeiten beherrscht, und aus mir eine komische Frau, die sich planlos treiben lässt und nicht weiß, was sie will.

Immer wenn ich denke, in letzter Zeit geht es bei ihm so entspannt zu, es ist wohl mal wieder Ruhe vor dem Sturm, bis er etwas Neues entdeckt, leiste ich mir einen kleinen Traum: Was wäre, wenn er sich dazu entschließen könnte, sich irgendwo fest niederzulassen und sich, unter Ausnutzung all der speziellen Fertigkeiten, die er sich bisher angeeignet hat, einer einzigen Sache zu widmen? Das erscheint mir zwar selbst ein wenig langweilig, und es wäre auch vorbei mit den Reisen an ferne Orte, mit immer neuen, fremden Landschaften und den Begegnungen mit sonderbaren Menschen. Aber ich könnte aufatmen.

In meinen Tagträumen sagt er jedes Mal: »Ich bin allmählich müde – ich glaube, ich entscheide mich für XY.« Dann entschließt er sich, eine feste Stelle anzunehmen, unterschreibt einen Mietvertrag und schlägt Wurzeln.

Und ich kann endlich in Ruhe fernsehen, Videos anschauen oder mich mit Freunden treffen! Am nervenaufreibendsten ist immer der Augenblick, in dem er plötzlich irgendetwas Neues entdeckt, während wir in der Phase der Ruhe vor dem Sturm etwas zusammen unternehmen. Wir können irgendwann heiraten – jederzeit, wenn du willst, sagt er, aber ich hätte allein schon einen Horror davor, meinen Eltern auf dem Lande beibringen zu müssen, dass nicht einmal sein Beruf feststeht.

Nach besagter Tauchphase hatte er eine Weile in meiner Wohnung in Tōkyō herumgegangen, bis ich vorschlug, mit meinen gesammelten Bonusmeilen nach Australien zu fliegen: Er könnte tauchen gehen und ich in aller Ruhe Delphine beobachten oder so, hatte ich mir überlegt.

Dummerweise lernte er dort das Surfen kennen.

Anlass dafür war eine Sportdokumentation, die wir am ersten Urlaubstag im Kabelfernsehen des Hotels sahen. Den Ausdruck in seinem Gesicht, während er auf den Bildschirm starrte, mochte ich überhaupt nicht. Da war der Stein in seinem Innern längst ins Rollen gekommen.

Fasziniert von dem harten Leben der Surfer, das in der Sendung gezeigt wurde, sprach er die Worte aus, die er immer bei diesen Gelegenheiten sagte: »Das könnte es doch sein! Das könnte das wahre, das richtige Leben für mich sein…!«, und stürzte sich ins nächste Abenteuer, Hansdampf in allen Gassen. Am Tag darauf nahm er an einem Surfkurs für Anfänger teil. Ich machte mit, gab mich aber schon am zweiten Tag geschlagen. Doch ich begleitete ihn weiter zu den Touren, lernte viele Leute kennen, aus denen Freunde wurden, und war einmal mehr fasziniert von seiner Konzentrationsfähigkeit und davon, wie rasch er Fortschritte machte. Er brachte mir bei, dass es beim Erlernen von etwas Neuem weniger auf die Zeit ankommt, die man darauf verwendet, noch auf die Konzentrationsfähigkeit, sondern vielmehr darauf, ein klares Ziel vor Augen zu haben, das man konsequent verfolgt. Solange man nur kleine Fortschritte macht, helfen die Grundtechniken, sobald man aber zu glänzen beginnt, überwindet man die Technik und gewinnt an Genie und Erfahrung. Es machte Spaß, dabei zuzusehen, wie er durch stures, unverdrossenes Wiederholen dem Ideal in kürzester Zeit gefährlich nahekam. Ich durfte etliche Augenblicke erleben, die an Wunder grenzten. Augenblicke, in denen man zu glauben bereit war, Gott liebe die Menschen vielleicht doch. Augenblicke, in denen er Kunststücke fertigbrachte, über die man nur noch staunen konnte: Ja, ist es denn die Möglichkeit!? – Aber sie waren immer begleitet von der exakt gleich großen Wahrscheinlichkeit, das Schicksal einmal zu viel herauszufordern und bei einem fatalen Unfall zu sterben.

Wie immer verlor ich bald die Lust an allem und starrte den lieben langen Tag aufs Meer. Wenn die Sonne von Süden nach Westen wandert, geschehen eigentümliche Dinge am Himmel. Die Farben, die Lichtverhältnisse malen die Welt immer neu, mit einer lebendigen Frische, als würde alles atmen. Ich beobachtete dieses Schauspiel täglich, und je öfter ich es sah, desto nuancenreicher erschien es mir: Ich mochte mich keine Sekunde abwenden und wurde es nie leid, sondern gab mich ihm völlig hin.

Er kam abends zurück aufs Zimmer, um ein wenig auszuruhen, bevor wir zum Essen in eine der billigen Buden in der Nachbarschaft gingen oder auf eine Party im Hotelzimmer eines seiner Surf-kameraden. Danach gingen wir früh zu Bett. Im Nu waren die Tage vorbei, uns ging das Geld aus, und wir mussten erst einmal nach Japan zurück. Aber er kratzte alles Geld zusammen, das er auf-treiben konnte, und sparte wie verrückt, mit dem einzigen Ziel vor Augen, wieder irgendwohin zu kommen, wo man surfen konnte.

An jenem Tag saß ich gerade im Taxi, auf dem Weg zu Freunden. Meine Stimmung war gedrückt, denn ich sollte mit ihm nach Australien gehen. Mir schwirrte der Kopf davon, ich konnte an nichts an-deres mehr denken. Würde das denn ewig so wei-tergehen? Ich war es leid – ob ich mich nicht lieber von ihm trennen sollte? Ob ich nicht einfach heim-lich wegziehen sollte? Was war besser – mit einem Mann zusammen zu sein, der laufend fremdgeht, oder mit einem, der einen ständig mit einem neuen Leben konfrontiert, in dem er dann nicht einmal mehr dazu kommt, ans Fremdgehen zu denken?

Direkt vor einem großen Schrein staute sich der

Verkehr, die Abendsonne stand direkt auf dem dichten Laub der Parkbäume, die ihr Licht zurückwarfen und das Taxi damit durchfluteten. Alles färbte sich orange. Die Blätter der Bäume leuchteten so golden, dass sie mich blendeten und ich fast nichts mehr sehen konnte.

Warum, wusste ich nicht, aber plötzlich wurde ich furchtbar traurig und wollte nur noch ans Meer. Diese blendenden Tage, einer wie der andere, die Freude, sie mit Menschen teilen zu können, die sich auf eine Sache konzentrierten. Diese Tage inmitten von Natur, an denen man ein klares Ziel hatte, an denen man genau wusste, wozu man da war. Diese Art, seine Zeit zu verbringen, war auf einmal ein Teil meines Lebens geworden, stellte ich fest, und das ärgerte mich maßlos.

Dann, wie aus dem Nichts herbeigeweht, tauchte dieser Gedanke plötzlich in meinem Kopf auf. Aber nicht mein Kopf, sondern mein Körper schien ihn mir zu vermitteln:

»ICH BIN SCHWANGER!«

Als würde jeder Buchstabe einzeln in meinen Kopf gemeißelt, nahm der Gedanke Gestalt an.

»Das hat mir gerade noch gefehlt!«, entfuhr es mir.

Der Taxifahrer fragte: »Haben Sie etwas gesagt?«

»Nein, nein, alles in Ordnung«, antwortete ich.

Auf einmal löste sich der Stau auf, der Wagen setzte sich wieder in Bewegung, nahm Geschwindigkeit auf und brauste mit mir Richtung Stadtmitte davon. Die Landschaft raste an mir vorbei, und die Abendsonne verschwand aus dem Wageninneren. Sie spiegelte sich nur noch in den Fenstern eines entfernten Hochhauses.

Richtig, ich hatte meine Periode nicht bekommen, und dann vor allem dieses Gefühl eben, diese absolute Gewissheit vom tiefsten Grunde des Körpers aus, dass irgendetwas seinen Anfang genommen hat... Aber er würde sich entweder erst mit mir in Verbindung setzen, wenn er schon im Ausland war, oder er würde anrufen und sagen, lass uns ins Ausland gehen. Und wenn ich ihn dann fragen würde, was, wenn ich jetzt schwanger wäre, würde er sicher irgendeinen Schwachsinn erzählen wie: »Du erwartest ein Kind? Noch ein guter Grund mehr, Surfprofi zu werden!« Irgendetwas fehlte ihm, das war klar. Aber um damit zurechtzukommen, war auch mir etwas völlig entglitten.

Wie zum Beweis dafür begann ich, mich immer unbändiger zu freuen. Obwohl es nichts Lustiges oder Komisches dabei gab, wirbelte mich der wilde Atem des Lebens durch die Luft. »Freu dich!«, feuerte mein Instinkt mich an, und ich konnte einfach nicht anders, als glücklich zu sein. Ich würde dieses

Kind bekommen, weil es spannend und aufregend war. Wo ich es auf die Welt bringen würde, wusste ich zwar noch nicht, aber ich würde es auf jeden Fall tun. Ich wollte sehen, wie ich damit klarkommen würde. Schauen wir mal, was die Zukunft für uns bereithält, murmelte ich in mich hinein, während das Taxi durch die abendliche Stadt brauste, und streichelte sanft über meinen Bauch.

Der schwarze Schwalbenschwanz

An jenem Tag hatte ich mich mit meiner Freundin zu einem Ausflug mit dem Auto aufgemacht, und wir hatten beschlossen, mittags am Strand zu picknicken.

Wir parkten den Wagen und marschierten einen langen schmalen Pfad hinauf, der zum Meer führte. Es war ein sonniger, schwülheißer Tag in der Regenzeit, und mir lief der Schweiß nur so den Rücken und die Seiten herunter. Meine Freundin ging vor mir, und ich starrte auf ihren Rücken, der sich vor dem tiefblauen Himmel abhob. Gerade als eine Erinnerung in mir wach werden wollte, sagte sie:

»Ah, endlich, das Meer! Aber der Strand ist ja voller Steine, damit hab ich nicht gerechnet, gemütliches Sitzen können wir vergessen.«

Ich holte sie ein und blickte ebenfalls zum Strand hinunter. Graue, fast schwarze, runde Kieselsteine bedeckten den gesamten Strand, dahinter erstreckte sich das menschenleere, in der Ferne dunstverhangene Meer, und seine Wellen umspülten die zerklüfteten, algenbewachsenen Felsen. Das Wasser war blau, und die kleinen weißen Wellenspitzen tanzten zackig hin und her. Eine ziemlich schroffe Landschaft. Aber in ihrer Verlassenheit lag etwas Klares, und das brachte einem irgendwie die Gefühle in Ordnung. Ganz anders als ein bequemer, friedlicher Strand, an dem Dosen herumliegen, Surfer zwischen den Wellen hervorlugen und Leute ihre Kinder spielen lassen. Dies hier war ein viel spröderer, rauherer Anblick.

»Aber lass uns doch trotzdem versuchen, ein Plätzchen zu finden. Es ist so schön ruhig hier, kein Mensch da«, sagte ich.

Sie schien nichts dagegen zu haben, nickte und machte sich auf den Weg über die Kieselsteine. Ich folgte ihr. Das Rauschen der Wellen brauste in unseren Ohren.

Als wir schweigend unser Lunchpaket aßen, fiel es mir plötzlich wieder ein.

»Ich bin schon einmal hier gewesen.«

»Quatsch – wieso ist dir das denn nicht schon früher aufgefallen?«, fragte sie ungläubig. Da die langen Haare ihr Gesicht verdeckten, konnte ich ihre Miene nicht erkennen. Sie hob Kiesel auf und warf sie fort. Jedes Mal wenn ein Stein auf andere traf, gab es ein Klackern. Sie hatte sich vor drei

Monaten von ihrem Freund getrennt und war mit dem Vorschlag für das heutige Picknick zu mir gekommen, da die Sonntage immer so langweilig seien. Klar konnte ich ihr den Freund nicht ersetzen. Alles, was ich ihr geben konnte, war Schweigen und Lachen.

»Es gibt ein Foto von mir in genau dieser Landschaft. Außerdem, wenn ich mirs recht überlege, sind wir hier nicht sehr weit weg vom Elternhaus meines Vaters.«

»Aha – tja, dann könnte das ja durchaus sein.«

»Ich war damals noch ganz klein. Vielleicht ist es ja meine erste Erinnerung überhaupt – wahrscheinlich vermischt mit dem Eindruck von dem Foto.«

»Die erste Erinnerung deines Lebens also?«

»Genau.«

»Dann hast du ja eine ganz schön weite Strecke zurückgelegt, um wieder hier zu landen«, sagte sie und lachte.

Heute lebten mein Vater und meine Mutter sonderbarerweise in Neuseeland. Bekannte meines Vaters waren dorthin ausgewandert, meine Eltern hatten dieses Ehepaar besucht, und es hatte ihnen dort so gut gefallen, dass sie sich ihre Rentenansprüche ausbezahlen ließen, um ein kleines Haus in Neuseeland zu kaufen. Ich hatte sie auch schon öfter dort besucht. Die schöne Landschaft und der westliche Lebensstil, der so gar nicht zu meinen Eltern passen wollte, hatten mich irritiert, aber sie schienen glücklich zu sein, und das war die Hauptsache.

Irgendwann während meiner Mittelschulzeit hatte meine Mutter ein Verhältnis mit einem jüngeren Mann. Meine Eltern gerieten in eine schwere Ehekrise und hätten sich beinahe scheiden lassen.

Ich konnte mich gut daran erinnern.

Mein Vater und meine Mutter führten unten im Wohnzimmer endlose Streitgespräche. Zwischendurch hörte ich, wie sie sich anschrien. Zu jener Zeit war ich ganz versessen auf *Scarborough Fair* von Simon & Garfunkel. Ich hörte diesen Song rauf und runter, mit Kopfhörern und in ohrenbetäubender Lautstärke. Damit ich nur ja nichts von unten mitbekam, hielt ich mir zusätzlich noch die Hände über die Ohren. »Parsley, sage, rosemary and thyme« sang ich lautlos mit wie einen Zauberspruch. Es dämmerte bereits. Der graue Teppich in meinem Zimmer schimmerte weißlich hell. Am zartblauen Himmel draußen vor dem Fenster sah ich schemenhaft Vögel vorbeiziehen.

Im Zimmer auf der anderen Seite des Flures schlief meine ältere Schwester. Sollte es mir jetzt immer noch nicht gelingen einzuschlafen, dachte ich bang, könnte ich zu ihr rübergehen und mit ihr reden. Aber etwas zwischen Stolz und Groll hinderte mich daran, mich in Bewegung zu setzen. Wie festgefroren blieb ich unter der Decke liegen und hörte immer wieder denselben Song.

Noch heute denke ich jedes Mal an die blaue Luft jener Morgendämmerung, wenn ich dieses Lied höre. Ironischerweise saß ich vor kurzem in Neuseeland mit Vater und Mutter in einem Restaurant am Meer beim Essen zusammen, als lautstark dieser Song gespielt wurde. Unwillkürlich brach ich in Weinen und Lachen aus. Meine Eltern schauten mich verwundert an. Im Nu hatte die Kraft der verflossenen Zeit zusammen mit der Kraft der Musik für eine Explosion der Gefühle in mir gesorgt.

Plötzlich betrat meine Schwester das Zimmer – wie ein Gespenst sah sie aus, so bleich… dachte ich, bis ich bemerkte, dass es am bläulichen Licht der Morgendämmerung lag, das von draußen auf ihr Gesicht fiel. Ich nahm die Kopfhörer ab und wandte mich ihr zu.

»Sie haben wirklich vor, sich scheiden zu lassen, das haben sie gesagt. Mama will ausziehen«, sagte sie.

»Hast du gelauscht?«, fragte ich.

»Ja, sie sitzen beide da und starren mit finsteren Gesichtern auf die Tischplatte.«

»Ich will das nicht glauben.«

»Ja, ich kann auch kaum glauben, dass das wirklich passiert. Ich komme mir vor wie in einem bösen Traum!«

Im Rückblick war für mich unser beider Ernsthaftigkeit das Bemerkenswerteste an jenem frühen Morgen. Meine Schwester und ich waren in der Pubertät, und die Ehekrise unserer Eltern führte uns vor Augen, dass sie auch Mann und Frau waren – wahrscheinlich nahmen wir es aus Scham darüber noch schwerer. Im Hintergrund das Blau der Morgendämmerung. Als meine Schwester längst wieder in ihr eigenes Zimmer zurückgekehrt war, konnte ich immer noch nicht schlafen. Ich hörte *Scarborough Fair*, wieder und wieder, und in meinem Kopf wiederholte sich immer wieder dasselbe Wort: Trennung. Dabei erinnerte ich mich an so viel Schönes, das wir zusammen erlebt hatten: Vater und Mutter Hand in Hand beim Spaziergang am Strand und wie wir danach alle zusammengesessen hatten, um das große Feuerwerk anzuschauen. Wie ich in der angenehm kühlen Meeresbrise, begleitet von ohrenbetäubendem Lärm, dem Aufblühen der riesigen Blumen zugesehen und mir vorgestellt hatte, sie schwebten im Weltall. Wie war doch als Kind alles so einfach, dachte ich und beneidete mein früheres Selbst in der Erinnerung.

Als ich am nächsten Morgen aufwachte, war plötzlich nicht Mutter, sondern mein Vater verschwunden.

Mutter war seltsam aufgekratzt. Sie redete lauter Unsinn: »Lasst doch die Schule heute mal ausfallen, vielleicht bessert sich die Laune eures Vaters, wenn er nach Hause kommt und wir alle drei hier auf ihn warten.«

Dann meinte sie: »Wir grillen heute Abend im Garten.«

»Mama, bist du noch ganz bei Trost?!«, protestierte meine Schwester, doch nachdem sie ein kleines Nickerchen gemacht hatte, brauste unsere Mutter fröhlich mit dem Auto davon, um Fleisch, Gemüse und Holzkohle zu besorgen.

Wir blieben verdutzt zurück, fingen aber schon einmal an, Soßen zu machen und den Grillrost zu schrubben. Aus unerfindlichen Gründen begannen wir uns zu freuen – wahrscheinlich die pure Verzweiflung. Mutter legte alte Platten auf und stellte die Stereoanlage ganz laut. Marianne Faithfulls Stimme erfüllte unseren Garten.

»Als ich klein war, habe ich so ein Leben geführt wie diese Sängerin in ihrer Kindheit«, sagte sie und grillte dabei Rindfleisch und Maiskolben. Die Holzkohle knisterte, und alle möglichen Düfte zogen durch den dunklen Garten. Wir hatten eine alte Flasche Wein geöffnet, die mein Vater lange Jahre wie seinen Augapfel gehütet hatte, und stießen damit an. Ist schon in Ordnung, hatte Mutter gemeint, kommt, lasst sie uns austrinken, wer weiß, vielleicht kommt er ja gar nicht mehr zurück.

»Was für ein Leben meintest du?«, fragte ich nach.

»Wie das einer Adligen: Ich war umgeben von alten Dingen, musste keine Hausarbeit machen, sondern konnte mich ausschließlich der Malerei, Literatur und klassischen Musik widmen. Und natürlich den Gesellschaften.«

»War denn Großvaters Familie so reich?«

»Ja. Außerdem war er Kunsthändler. Daher gingen die entsprechenden Leute bei ihm aus und ein.«

»Dann bist du mit Papa etwa durchgebrannt?!«

»Natürlich – es war Liebe auf den ersten Blick!«

Mutter lachte. Wir waren bester Stimmung, da wir uns immer wieder gegenseitig Wein nachgeschenkt und ordentlich getrunken hatten. Die rotglühende Kohle schien sehr lebendig. Wild flackerte die Kerzenflamme in der Laterne. Der Gartenboden schimmerte hell. Das Fleisch und das Gemüse schmeckten seltsam köstlich. Wenn man versucht, Schmerz und Traurigkeit zu vertreiben, bekommt man wie zur Belohnung ein kleines Stückchen Freiheit geschenkt.

Beschwipst fragte meine Schwester: »Dann erinnert dich dein jetziger Liebhaber wohl an das Leben von damals?« Der Wein hatte sie übermütig gemacht.

»Ach das, das hatte doch gar nichts zu bedeuten, hab mich nur ein bisschen amüsiert. Ich werde ihn nicht mehr wiedersehen«, erwiderte meine ebenfalls reichlich angetrunkene Mutter beim Wenden der Steaks.

»Warum kommt einem bloß alles, was man draußen isst und trinkt, so unglaublich lecker vor?«, fragte ich.

»Das liegt sicher an der frischen Luft.« Mutter sah zum Himmel auf. In ihren zerzausten Haaren schimmerten ein paar weiße Strähnen durch. Im Widerschein der Glut wirkten sie durchscheinend.

»Wenn etwas Unerfreuliches passiert ist und man hält die Augen offen, entdeckt man darin irgendwann auch etwas Aufregendes, das einem bislang verborgen war – so wie jetzt zum Beispiel. Dafür haben die Götter schon gesorgt«, fügte sie hinzu, und dann:

»Falls euer Vater jetzt mit seinen Freunden in einer Bar auf der Ginza sitzt, verzeihe ich ihm. Aber wenn er zur Oma nach Hause zurückgekrochen ist und sich da gerade ihr Essen schmecken lässt, hat er eindeutig einen Mutterkomplex, und ich werde mich von ihm trennen.«

Sie wandte uns den Rücken zu und wirkte seltsam stark. Wie eine alte Puppe sah sie vor der Kulisse des Nachthimmels aus. Das Kleid mit Blumenmuster, die runde Linie ihrer Schultern, der aufsteigende Rauch, als würde ein Toter verbrannt. Ein kraftvolles, eindringliches Bild, das sich da in unserem Garten bot.

Am nächsten Tag brummte uns der Schädel, und wir schwänzten die Schule.

Vater kehrte erst zwei Wochen später nach Hause zurück. Glücklicherweise war er nicht bei seiner Mutter gewesen, sondern mit seinen Freunden um die Häuser gezogen, bis es den Freunden irgendwann zu bunt wurde und sie ihn rausgeschmissen und nach Hause zurückgeschickt haben. Von Scheidung wurde nie wieder gesprochen.

Die Sonne strahlte mild, aber beständig und wärmte uns allmählich auf.

Wenn uns der Stress zu viel wird, machen wir oft so einen Autoausflug, setzen uns zusammen irgendwo hin und schweigen. Hier und da lässt eine von uns mal ein Wort fallen, was die andere dann meist mit einem Scherz kontert. Oft tauchen dabei, so wie heute, aus den Tiefen des Gedächtnisses lang verschüttete, kostbare Erinnerungen oder ähnlich brauchbare Gedanken wieder auf, die einem neue

Kraft geben und gute Laune schenken. So schaffen wir es, viel von dem, was uns bedrückt, in der Landschaft zurückzulassen. Dann fahren wir an einen Ort mit heißer Quelle, suchen uns ein Thermalbad unter freiem Himmel, beglückwünschen uns im Wasser dazu, es heute wieder einmal weit gebracht zu haben, essen etwas, trinken ein Bier, steigen noch einmal ins Bad und machen uns schließlich völlig ermattet auf den Weg zurück in die Stadt, wo wir uns mit müden Augen voneinander verabschieden. Am nächsten Morgen wachen wir dann kurioserweise vollkommen erholt und frisch auf wie in Kindertagen.

Freunde, mit denen man nicht ständig reden muss, sind extrem selten. Hat man einmal aufgehört, unentwegt herumzuschwätzen, übernimmt der Körper wie von selbst den Rhythmus des anderen, der sich einem über lange Jahre eingeprägt hat. Und dann läuft die Kommunikation gemächlich, aber glatt.

Meine Erinnerungen kamen allmählich zurück und wurden immer klarer.

Die Landschaft hatte sich kaum verändert. Die Form des Felsens in der Brandung, die Muster der Wellen, die sich daran brachen, alles war so wie damals, als ich hier mit Vater gesessen hatte. Mutter und meine Schwester alberten am Strand herum, bis zu den Knien im Wasser. Vater rief ihnen zu: »Lasst uns zu Mittag essen!« Richtig, in dem Moment kam ein Schwalbenschwanz herbeigeflattert und setzte sich genau vor mir hin: Er faltete die tiefschwarzen Flügel und ruhte sich aus. Wunderschön sahen die Flügel aus, wie feine, alte Klöppelspitzen. Das war meine allererste Erinnerung.

In dem Moment flatterte mir ein Schmetterling direkt vors Gesicht.

Ich war wirklich erschrocken und traute meinen Augen kaum.

»Oh, ein Schwalbenschwanz, wie schön, sieh nur, wie schön!«, freute sich meine Freundin, vergaß ihre Traurigkeit und lachte.

Jetzt war sie noch abgemagert und hatte dunkle Ringe unter den Augen, doch bald schon würde sie sich neu verlieben und irgendetwas von einer Diät erzählen, die sie gerade hinter sich hätte. Dieselbe Kraft, die mich hatte vergessen lassen, dass ich schon einmal hier gewesen war, brachte sie wieder zum Lachen.

Die Zeit ist unaufhaltsam und fließt immer weiter. Das tut sie nicht nur, damit man ihr nachtrauert, sondern damit man einen schönen Augenblick nach dem anderen erhaschen kann.

Aha, und das war jetzt wieder eine kleine Belohnung für mich, dachte ich.

Herr Tadokoro

Alle Leute, die neu in unserer Firma anfangen oder die auch nur kurz bei uns jobben, kommen nach drei Tagen, spätestens aber nach einer Woche zu mir und erkundigen sich vorsichtig:

»Entschuldigen Sie bitte, aber was hat es eigentlich mit Herrn Tadokoro auf sich?«

Ich sage dann einfach, bei Herrn Tadokoro handele es sich um so etwas wie das Maskottchen der Firma, aber ich sehe ihren Gesichtern an, dass sie sich damit nicht zufriedengeben, bis sie sich irgendwann an ihn gewöhnt haben.

Herr Tadokoro kommt jeden Morgen pünktlich um zehn und geht um sechs Uhr abends wieder. Er sitzt an seinem Platz, trinkt Kaffee, liest ein Buch, geht ans Telefon, wenn niemand sonst abnimmt, oder macht Kopien, wenn man ihn darum bittet. Für einen älteren Herrn hat er unglaublich glatte Haut, dabei muss er Ende sechzig, vielleicht auch schon Anfang siebzig sein. Er hat keine Frau. Auch keine Kinder. Er lebt offenbar ganz allein.

Wenn Herr Tadokoro einmal nicht zur Arbeit erscheint, trübt sich die Stimmung in der Firma sofort ein, alle sorgen sich um ihn und werfen immer wieder einen Blick auf seinen Platz. Unser Chef hat sein eigenes Büro, schaut aber einmal am Tag bei Herrn Tadokoro vorbei, und wenn der dann fehlt, bekommt er ein Gesicht, als hätte ihn alles Glück verlassen, und er verschwindet sofort wieder ins Chefbüro.

Herr Tadokoro ist so etwas wie die Katze, die wir früher in einer Ecke des Schulhofs hielten und die stillschweigend von der Schulleitung geduldet wurde. Weil alle sie freiwillig fütterten, konnte sie dort bleiben, solange sie wollte. Herr Tadokoro ist wie ein kleines Blumenbeet zwischen den Häuserschluchten der Stadt. Seine bloße Existenz versöhnt uns alle ein wenig mit dieser Welt. Durch ihn kann man sich seiner eigenen Gutmütigkeit versichern. Das ist weder gut noch schlecht, nur sehr, sehr wichtig für uns Menschen, wie ich glaube.

Als ich in der Firma anfing, kam der Seniorchef noch ab und zu vorbei, um seinem Sohn und Nachfolger bei diesem und jenem unter die Arme zu greifen. Er war ein energischer älterer Herr mit weißen Haaren, der Zigaretten rauchte und literweise Kaffee trank, so dass ich mich wunderte, wie ausgerechnet er einen Naturkostladen mit fünfzehn Filialen aufbauen konnte. Sein Sohn, unser jetziger Chef, ist eher der Typ Gesundheitsfanatiker. Er baute den Handel mit Naturprodukten aus Südamerika neu ins Geschäft ein und beteiligte sich an Fair-Trade-Projekten mit den Einheimischen dort. Im Vergleich zu damals, als der Seniorchef die Firma an seinen Sohn übergab, ist der Betrieb geschrumpft, es gibt jetzt nur noch drei Filialen, aber der Versandhandel verzeichnet Wachstum, und dem Unternehmen geht es unter den gegenwärtigen Bedingungen der Rezession verhältnismäßig gut. Ich fing damals als Zuständige für die Anfertigung der Werbebroschüren und Informationsprospekte für die fünfzehn Filialen an, und weil ich nun schon so lange dabei bin, habe ich inzwischen richtig Karriere gemacht: Ich bin weiterhin verantwortlich für die Printwerbung, aber außerdem hat man mir die Verwaltung der Homepage anvertraut. Ich habe sogar drei Untergebene, wenn ich die Jobber mitzähle. Die Firma ist winzig und meine Arbeit eher unbedeutend, aber in diesen Zeiten wirtschaftlicher Flaute kann ich mich glücklich schätzen, mit einer sicheren Stelle gesegnet zu sein.

Herr Tadokoro war schon da, als ich damals frisch von der Uni hier in der Firma angefangen habe.

Er riecht immer ein wenig streng und trägt einen schäbigen Anzug – er scheint nur zwei zu besitzen: einen für den Sommer und einen für den Winter. Die Angestellten können es nicht mit ansehen, also bringen die Männer ihre abgelegten weißen Hemden zur Reinigung, damit er sie auftragen kann, oder die Frauen schenken ihm welche, die sie billig im Schlussverkauf erstanden haben. Herr Tadokoro ist sehr klein und hat eine Glatze. Seine Augen sind so schmal, dass man seine Miene kaum deuten kann. Nur rasiert ist er immer sehr sorgfältig. Mit diesem koboldhaften Aussehen könnte er einem unheimlich sein. Doch seltsamerweise gruselt es einen gar nicht, wenn man ihn ansieht. Es gibt ja manchmal auch Menschen mit sehr akkuratem Erscheinungsbild, deren Anblick einen seltsam herunterzieht. Das genaue Gegenteil passiert bei Herrn Tadokoro. Man bekommt ein Gefühl, wie wenn man eine Berglandschaft betrachtet: Man blickt in Weite, auf etwas irgendwie Klares, Schönes. Wahrscheinlich in die Aura seiner Seele.

Ohne bestimmten Grund bildete ich mir anfangs ein, das Thema Herr Tadokoro könnte in dieser Firma vielleicht tabu sein und man dürfte niemanden darauf ansprechen. Also hielt ich mich immer wieder zurück, tat so, als ob nichts wäre, und schwieg. Aber nach einem Monat hielt ich es einfach nicht mehr aus, und ich fragte meinen damaligen direkten Vorgesetzten, mit dem ich später eine kurze Affäre anfangen sollte:

»Was hat es eigentlich mit Herrn Tadokoro auf sich?«

Er lachte und sagte: »Endlich – ich dachte schon, du fragst nie! Wie du das so lange ausgehalten hast – alle Achtung!«

Nach der Erzählung dieses Vorgesetzten hatte der Juniorchef in seiner Kindheit eine sehr schwere Zeit: Als er noch zur Grundschule ging, verließ seine Mutter für immer die Familie und ließ ihn zurück, was ihn damals völlig aus der Bahn warf. Sein Vater, der Seniorchef, war mit der Firma so beschäftigt, dass er sich auch nicht viel um ihn kümmern konnte. Vielmehr war es der nebenan in einem verfallenen Mietshaus wohnende, etwas unheimlich wirkende Herr Tadokoro, der sich damals wirklich aufopferungsvoll des Jungen annahm, den er lediglich vom Sehen her kannte. Obwohl der völlig außer Kontrolle geratene Junge ihm Geld stahl, ihn einmal fast zu Tode prügelte und noch so einiges mehr anstellte, behandelte Herr Tadokoro ihn, als wäre es sein eigener Sohn, ja er schenkte ihm eher noch mehr Liebe. Er bewahrte ihn davor, Selbstmord zu begehen, und steckte alles Geld, das er besaß, in Reisen, die den Jungen aufheitern sollten.

Erst nachdem der Juniorchef eines Tages wegen einer vollkommen unbedeutenden Sache ausgerastet und mit dem Messer auf Herrn Tadokoro losgegangen war und der nicht einmal mehr die Aufnahmegebühr im Krankenhaus hatte bezahlen können, erzählte der Junge endlich seinem Vater von Herrn Tadokoros grenzenloser Liebe. Dieser Vorfall soll ihn dann aber wieder restlos zur Vernunft gebracht haben. Der Seniorchef entschloss sich daraufhin, den arbeitslosen Herrn Tadokoro, der inzwischen auch alles Geld aufgebraucht hatte, das er von seinen Eltern geerbt hatte, ohne bestimmte Funktion in seiner Firma aufzunehmen. Unter dem Titel »Berater für Naturkost und gesunde Lebensmittel« wurde er ordentlicher Firmenangestellter und nach Erreichen des Rentenalters als Teilzeitkraft weiterbeschäftigt. Jeden Tag erschien er pünktlich zur Arbeit, seit eh und je, obwohl er gar nicht zu kommen brauchte. Und wenn der Juniorchef angetrunken ist, sagt er regelmäßig über ihn: »Herr Tadokoro mag euch vielleicht lästig sein, aber ich bitte euch, seid nett zu ihm, mir zuliebe! Denn ungeachtet all dessen, was er für mich getan hat – dieser Mensch bedeutet mir mehr als Vater und Mutter zusammen!«

Was ich dabei so bemerkenswert finde, ist, dass Herr Tadokoro nie wirklich zum Problem wurde. Niemand meinte jemals ernsthaft, sein Gehalt wäre die pure Verschwendung, oder fragte sich, warum man ihm denn nicht einfach kündigte. Eigentlich unglaublich, dass so etwas in unserer heutigen Gesellschaft möglich war. Aber auch das lag vielleicht nicht so sehr daran, dass man ihn nun besonders liebte, sondern eher an seiner Unauffälligkeit: Er schien ständig wie in Luft aufgelöst. Manchmal, wenn ich an Herrn Tadokoro denke, habe ich ein Bild vor Augen, wie er still im Dunkeln sitzt und die Wand stützt. Insgeheim war sowieso jeder in unserer Firma davon überzeugt, uns alle würde eine schwere Strafe treffen, wenn wir gemein zu ihm wären und er plötzlich wegbliebe. Ich weiß nicht, ob darin vielleicht sein eigentlicher Zauber liegt oder ob man so etwas überhaupt Zauber nennen kann. Das Einzige, was ich intuitiv weiß, ist, dass alle das ernsthaft glauben. Weil ich nämlich auch selbst davon überzeugt bin.

In der Firma ist es sogar schon Mode gewesen, sich eine »Herr-Tadokoro-Puppe« zu basteln und als Glücksbringer zu tragen, und sobald jemand scherzhaft fragt: «Was macht ihr bloß, wenn er stirbt?«, treten garantiert einigen die Tränen in die Augen, und andere sind regelrecht entrüstet. Seine Person ist einfach unantastbar.

An einem verregneten Nachmittag brachte ich Herrn Tadokoro eine Tasse Tee.

Hinter seinen klapprigen Schultern lief der Regen die Scheiben hinunter; darin verschwammen die trübe erleuchteten Fenster des Gebäudes gegenüber.

Normalerweise lächelte er mir schon entgegen, wenn ich mich nur mit der Tasse Tee näherte, oder er winkte mir gar in seiner drolligen Art zu, aber heute starrte er nur aus dem Fenster und lutschte dabei Propolis-Bonbons.

Deshalb sagte ich: »Ein Tässchen Tee für Sie, Herr Tadokoro. – Sie sehen ja gar nicht gut aus, haben Sie etwas auf dem Herzen? Oder haben Sie sich erkältet? Soll ich Ihnen ein Fläschchen Propolis-Trunk aus dem Lager holen?«

»Nein, danke, erkältet bin ich nicht. Aber ich habe wirklich etwas auf dem Herzen. Wissen Sie, zu Hause, da halte ich ja etwas hinter meiner Waschmaschine, und weil es doch so regnet, frage ich mich, ob es sich wohl einsam fühlt«, antwortete er, und ich war leicht verwirrt.

»Sie halten etwas hinter Ihrer Waschmaschine? Was denn?«

»Manchmal fühlt es sich wie Kō-chan an, dann wieder wie meine verstorbene Mutter, manchmal auch wie Gott selbst, wahrscheinlich ist es nur ein

Kobold. Wenn ihm etwas nicht passt, rüttelt es an der Waschmaschine. Es trinkt das Wasser, das dort ausläuft, davon lebt es. Es ist schon lange bei mir zu Hause. Wenn ich schlafe, schleicht es sich offenbar heimlich in mein Zimmer.«

Dabei musste man wissen, dass »Kō-chan« der Kosename unseres jetzigen Chefs war.

»Deshalb kann ich auch nicht waschen. Wie ich Ihnen früher schon einmal erzählt habe, wasche ich alles mit der Hand. Ich will es schließlich nicht erschrecken.«

»Solange es da ist, sind Sie nie einsam, nicht wahr?«, sagte ich und lächelte.

»Ja, wo doch Kō-chan mittlerweile auch erwachsen und verheiratet ist«, sagte Herr Tadokoro. Und schaute wieder zum Fenster hinaus.

Das ging mir so zu Herzen, dass ich auf die Toilette rennen und ein bisschen weinen musste. Dabei hatte ich in der Firma nicht einmal damals in der schlimmen Zeit geheult, als die Affäre mit meinem Vorgesetzten zu Ende ging.

Ich war froh über diese Welt, in der alle nett zu jemandem wie Herrn Tadokoro waren, so dass er sein Leben leben konnte, und mochte es noch so bescheiden sein. Ich war dankbar, dass ich diese heißen Tränen für ihn übrighatte. Dann wurde ich furchtbar traurig, als ich über sein Leben nachdachte: Er hatte sich nie an der Gesellschaft gerieben, keine Höhen und Tiefen erlebt, er hatte sich nie leidenschaftlich verliebt, ja nicht einmal seine Lust mit einer Affäre befriedigt, und er würde auch nie in die Gesichter seiner Enkel blicken. Herr Tadokoro, der mit dem Etwas hinter seiner Waschmaschine still und leise vor sich hin lebte.

Manchmal sagen wir zwar alle so unverschämte Sachen zu Herrn Tadokoro wie: »Na, Opa, brauchst du einen Tee?« oder: »Du bist ja verrückt!« oder: »Was willst du überhaupt hier?«, doch unsere Augen bleiben dabei freundlich.

In dem Büro, in dem ich früher gejobbt habe, war es einmal vorgekommen, dass an einem Nachmittag zur geschäftigsten Zeit, als alle entweder wortlos vorm Computer saßen, telefonierten oder Kundentermine hatten, sich plötzlich ein Geschrei in der angespannten Stille erhob. Ich erschrak so sehr, dass ich zuerst gar nicht begriff, was geschehen war. Ungefähr in der Mitte des Großraumbüros war eine Angestellte aufgestanden und schrie. »Was wollt ihr denn alle?! Ich kann doch überhaupt nichts dafür! Ich hab's satt, so satt!«, wiederholte sie immer wieder in merkwürdig verzerrtem Tonfall, weinte und schrie und raufte sich dabei die Haare. Alle starrten sie wie gelähmt an, und diese Phase schien mir unendlich lange zu dauern. Benommen sah ich zu, wie zwei Leute in ihrer Nähe den Arm um sie legten und sie in den Pausenraum führten. Ohne dass irgendjemanden dafür die Schuld traf, fühlte sich die Frau in die Enge getrieben – ein Leiden, das man in der heutigen Welt häufig beobachten kann.

In der Firma, in der ich jetzt arbeite, kommt es manchmal vor, dass jemand seine Wut an Herrn Tadokoro auslässt. Dann heißt es zum Beispiel: »Die bloße Anwesenheit von dem Kerl bringt mich zur Weißglut!« oder: »Nicht zu fassen – wir arbeiten wie die Blöden, damit wir dich durchfüttern!« Oder es schüttet jemand Tee für alle auf, nur nicht für Herrn Tadokoro, oder jemand schimpft und flucht, weil der alte Herr mal wieder eine Seite beim Kopieren übersehen hat. Nur wenn es allzu bunt wird, greift irgendwer ein und sagt: »Hör schon auf, und lass deine Wut nicht an Herrn Tadokoro aus!« oder etwas in der Art.

Herr Tadokoro selbst sagt nie etwas dazu. Aber am nächsten oder spätestens übernächsten Tag bereuen alle diese Ausfälle fürchterlich – vielleicht gerade weil sie Dampf ablassen konnten – und stellen ihm Blumen auf den Schreibtisch oder gehen sich bei ihm entschuldigen. Dann bedankt sich Herr Tadokoro nur und blickt unbeteiligt in die Ferne. Er lacht nicht und tröstet nicht, und erst recht entschuldigt er sich nicht. Trotzdem ist damit die Sache erledigt, und der Alltag kehrt wieder ins Büro zurück.

Die Wirklichkeit ist nicht leicht zu durchschauen, davon war ich immer überzeugt, aber je öfter ich diese Szenen beobachte, desto mehr komme ich zu dem Schluss, dass der Mensch doch ziemlich einfach gestrickt ist. Solange es die Möglichkeit gibt, die dunklen Seiten seiner Seele herauszulassen, passiert es nicht so leicht, dass man sich in die Enge getrieben fühlt und in einem stillen Großraumbüro losschreit.

Vor langer, langer Zeit, als wir noch Mammutfleisch und Ähnliches gegessen haben, als sich die Männer noch um die Frauen geprügelt und die Frauen massenhaft Kinder gekriegt haben, als man noch weit bis zum Horizont in die Landschaft blicken konnte … Keine Ahnung, wann genau das war und wie lange das wohl her sein mag, aber zu jener Zeit hat es garantiert in jeder Dorfgemeinschaft jemanden mit der Aufgabe eines Herrn Tadokoro gegeben.

»Heute regnet es ja wieder, Herr Tadokoro. Ob sich da das Wesen hinter Ihrer Waschmaschine nicht einsam fühlt?«, fragte ich ihn, als ich ihm seine Tasse Tee brachte.

»Ja, und ich weiß jetzt endlich auch, um was es sich handelt: Es ist der Amethyst!«, teilte mir Herr Tadokoro entschieden mit. In seinem Mundwinkel klebte noch etwas Vanillecreme von der *Hagi-no-tsuki*-Biskuitrolle, einer Spezialität aus Sendai, die Kollegen von ihrer Dienstreise mitgebracht und vorhin an alle verteilt hatten.

»?«

»Ja, der Edelstein, den ich vor langer Zeit als Andenken von meiner Oma geschenkt bekommen habe. Ich dachte, ich hätte ihn längst verloren, bis ich ihn dort wiederentdeckt habe. Nachts habe ich da nämlich plötzlich im stockdunklen Zimmer ein violettes Licht gesehen. Gefunkelt und geflackert hat es, wie eine lodernde Glut. Dann habe ich diesen berühmten Professor im Fernsehen gesehen, der gesagt hat, Steine seien lebendig – und da wusste ich, es ist der Amethyst, ganz sicher«, erklärte Herr Tadokoro.

»Bestimmt ist er das!«

»Ja, sonst würde ich das nicht so spüren. Wenn er nicht mehr da wäre, würde ich mich sicher einsam fühlen.«

»Ach, machen Sie sich mal keine Sorgen, warum sollte er verschwinden, er fühlt sich bestimmt sehr wohl dort«, sagte ich ausweichend und kehrte zu meiner Arbeit zurück.

Herr Tadokoro trank seinen Tee und schaute dabei aus dem Fenster. Der Regen rann die Scheiben herunter, floss in Bächen zu Boden und ergoss sich über den Asphalt. Die Wolken in der Ferne leuchteten weiß, ab und zu war von weit her ein dumpfes Donnergrollen zu hören. Die Welt draußen erschien grau in grau. Hier im Gebäude war alles schön sauber und trocken, angenehm heiter und gemütlich. Und hier lebte still vor sich hin und vielleicht von niemandem gebührend beachtet ein großer Mensch sein außerordentliches Leben. Lautlos und freundlich – genau wie das Wesen hinter seiner Waschmaschine.

Etwas später, auf dem Weg zum Kopierer, kam mir plötzlich eine Idee: Ich hatte mir doch gerade diese Frauenzeitschrift mit einem Special über »Heilsteine« gekauft. Ich holte sie, ließ meine Arbeit Arbeit sein und wechselte das Kopierpapier, um für Herrn Tadokoro schöne Farbkopien von den Seiten über den Amethyst zu machen.

Während ich an jenem lauen, verregneten Nachmittag dort im Kopierraum stand und kopierte, eingehüllt in die Ausdünstungen des Papiers, in der einen Hand eine Tasse Kaffee, im Ohr das Prasseln des Regens auf den Fensterscheiben, wusste ich: Mein Herz floss über, und ich war wunschlos glücklich.

Mein kleiner Fisch

Irgendwann, als ich noch zur Oberschule ging, bekam ich plötzlich mitten auf der Brust ein Knötchen. Kleidung rieb daran, und nachdem es aufgegangen war und geblutet hatte, schwoll es stark an. Danach blieb es blutrot, juckte aber nicht und tat auch nicht weh. Hoffentlich ist das kein Hautkrebs, dachte ich und beeilte mich, zum Arzt zu gehen.

»Ein harmloses Atherom«, meinte der Arzt. Das sei ein Knoten aus Gewebe und Talg. Wenn man es chirurgisch entfernen würde, wäre die Wahrscheinlichkeit groß, dass es an derselben Stelle wiederkäme und sogar noch größer würde, meinte er. Deshalb sei die Therapie der Wahl, es drei Jahre lang mit einem arzneigetränkten Wundpflaster zu bedecken.

Drei Jahre?! Ich bin doch nicht verrückt!, dachte ich und brach die Behandlung ab.

Manchmal, je nach Jahreszeit, wenn die Haut in einem schlechten Zustand war oder wenn ich einen engen BH trug oder einen Wollpullover, der daran scheuerte, schwoll dieses Atherom schon einmal rot an, juckte oder tat weh. Aber ich hielt das nicht für schlimm und ließ es die ganze Zeit so, ohne etwas daran zu machen. Es wurde ein Teil von mir. Wenn ich an mir hinunterblickte, prangte es mitten auf meiner Brust. Und wenn man genau hinsah, hatte es die Form eines kleinen Fisches.

Es war an einem Sonntag im Winter. Ich war im Onsen* gewesen, und als ich wieder zu Hause war, juckte es mich so komisch an der Stelle auf meiner Brust: Die Haut um den Knoten herum war gerötet und angeschwollen. So – jetzt ist es wohl so weit, dachte ich.

Mein Vater hatte nämlich einen ähnlichen Knoten an anderer Stelle gehabt, und eines Tages vor ungefähr zehn Jahren musste er ins Krankenhaus, weil sich dieser Knoten entzündet hatte und vereitert war, so dass er eröffnet werden musste. Vater hatte mir wie oft erzählt, wie furchtbar weh das getan hatte. Er behauptete sogar, es seien die größten Schmerzen in seinem ganzen Leben gewesen. Ich beschloss, zum Arzt zu gehen, bevor es ganz schlimm wurde, und wenn der Arzt empfahl,

* Onsen: eine natürliche heiße Quelle mit angeschlossenem Gasthaus oder als öffentliches Bad konzipiert. Auch stundenweise nutzbar, so wie hierzulande die Saunalandschaften. (Anm. d. Ü.)

77

den Knoten aufzuschneiden, könnte ich ihn immer noch bitten, es erst einmal mit Medikamenten zu probieren. Und bei der Gelegenheit könnte ich ja dann fragen, ob es möglich wäre, das Atherom ganz loszuwerden.

Ich wählte eine hautärztliche Praxis, die relativ in der Nähe lag, sonntags geöffnet hatte und auch Laserbehandlungen durchführte, und rief dort an. Wenn sie Falten und Aknenarben weglasern konnten, galt das vielleicht auch für Atherome, und sie wären in der Lage, mich auf diesem Wege von meinem Knötchen zu befreien, dachte ich. Mittlerweile war mir nämlich klargeworden, dass mir dieses Atherom immer auf der Seele gelegen hatte. Denn die Vorstellung: »Wenn es vereitert, muss es aufgeschnitten werden, und diese Prozedur tut unglaublich weh!« hatte sich in meinem Hinterkopf festgesetzt und für unterschwellige Beklemmung bei mir gesorgt.

»Heute ist leider kein Termin mehr frei, aber wenn es Ihnen nichts ausmacht, ein wenig zu warten, kommen Sie doch einfach vorbei, dann können wir Sie dazwischenschieben«, erklärte mir die freundliche Stimme der Sprechstundenhilfe. Ohne groß zu überlegen, stieg ich in ein Taxi. Es hatte leise zu regnen begonnen an diesem trüben, warmen und recht windigen Sonntagnachmittag. Die

Leute auf der Straße schienen den freien Tag zu genießen.

Die Praxis wirkte sehr sauber, und selbst am geräumigen Wartezimmer war nicht gespart worden. Der Arzt, dessen Foto ich schon einmal in irgendeiner Zeitschrift gesehen hatte, lief geschäftig hin und her. Die Arzthelferinnen taten flink und routiniert ihre Arbeit. Heute wird es für mich hier eh nur ein Beratungsgespräch und einen Entzündungshemmer geben, dachte ich mir. Doch schneller als erwartet wurde ich ins Sprechzimmer gerufen. Dort erklärte mir der Arzt noch einmal alles genau und sah sich den Zustand meines Atheroms an. Ich hörte auch wieder die gleiche Aussage wie bei dem Arzt, den ich früher konsultiert hatte, dass der Knoten sich nämlich gerne vergrößert, wenn ein unerfahrener Arzt daran herumgeschnitten hat.

»Ich würde es mir aber trotzdem gerne wegmachen lassen, wenn es irgendwie geht«, sagte ich, worauf der Arzt mir sehr ausführlich die Lasertherapie sowie die Zusammensetzung der Behandlungskosten erläuterte.

»Es sind insgesamt vier Sitzungen notwendig. Wenn Sie wollen, können wir heute schon anfangen«, sagte er ohne Umschweife.

Bis dahin hatte ich mir noch gar keine Gedanken

gemacht. Jetzt dachte ich daran, wie umständlich es wäre, extra noch einmal herkommen zu müssen, und antwortete prompt: »Dann machen Sie das.«

Ich verstand selbst nicht, warum ich die ganze Zeit so unbeteiligt und gedankenlos blieb. Vielleicht habe ich ja Angst vor der Narkose oder der Lasertherapie, redete ich mir zerstreut als Grund ein. Noch während ich im Behandlungsraum die Einverständniserklärung ausfüllte und unterschrieb, war ich irgendwie nicht klar im Kopf.

Die Behandlung war schnell vorbei.

Die Betäubungsspritze war unerwartet schmerzhaft, aber der Rest war nichts im Vergleich zu den Schmerzen, von denen mein Vater berichtet hatte, nachdem sie ihm den Eiter ausgedrückt hatten: Hinter dem Vorhang auf dem benachbarten Behandlungsstuhl* wurden, soweit ich mitbekam, Falten abgetragen. Man setzte mir einen Augenschutz auf, damit ich nicht versehentlich in den Laserstrahl gucken konnte, und dann wurde das Gerät auf meine Brustmitte gerichtet. Es hat überhaupt nicht weh getan, nur etwas gepikst.

---

* In Japan bekommt man als Patient bei vielen Ärzten keinen eigenen Behandlungsraum, sondern ist vom Mitpatienten, der gleichzeitig behandelt wird oder wartet, nur durch einen Vorhang getrennt. (Anm. d. Ü.)

Ich machte den nächsten Termin aus, bezahlte und trat hinaus auf die Straße.

Es war ein unerwartet schöner Abend geworden, denn der Regen hatte inzwischen aufgehört. Ich musste noch zur Apotheke, um ein Desinfektionsmittel zu besorgen, und hielt mich selbst für ruhig und gefasst, aber ich scheine wohl doch in einer Art Schockzustand gewesen zu sein. Denn ich ließ den Schirm, den ich eigentlich auch kaufen wollte, am Arm hängen, als ich zur Kasse ging, bezahlte nur das Desinfektionsmittel und war schon wieder draußen, als ich bemerkte, dass ich gerade den perfekten Ladendiebstahl begangen hatte. Der Schirm hing unschuldig an meinem Arm. Unbewusst lässt sich wohl am besten klauen – während ich noch über eine Karriere als Ladendiebin nachdachte, bekam ich Lust, mich ein wenig hinzusetzen, und betrat ein Café. Es war ein altes ehrwürdiges Kaffeehaus. Warum wird man bloß immer so schwermütig, wenn man sonntags in einem mit lauter Grüppchen überfüllten Café sitzt? Die Leute quatschten lang und breit über Dinge, die ihnen offenbar selbst gleichgültig waren. Während ich notgedrungen diesen Gesprächen zuhörte, trübte sich meine Stimmung immer mehr ein. Die Worte, die nicht von Herzen kamen, klangen regelrecht abstoßend in meinen Ohren. Nachdem ich den heißen

Kaffee getrunken hatte, wurde mir endlich klar, dass ich ziemlich außer Fassung war.

Als ich wieder nach draußen trat, war es bereits dunkel. Die Geschäfte lockten mit ihrer Festbeleuchtung die Fußgänger an. Ich schaute zum Himmel hinauf und wurde plötzlich furchtbar traurig. Ich ging den ganzen Weg nach Hause zu Fuß und wanderte durch Straßen, in denen sich ein Geschäft an das andere reihte. Ich sah viele verschiedene Läden und viele verschiedene Menschen: Leute, die über Wühltischen mit Sonderangeboten hingen, andere, die an Tischen draußen vor einem Café saßen und gemütlich ihren Tee tranken, wieder andere, die sich Süßigkeiten kauften, um sie unterwegs aus der Hand zu essen, und noch andere, die allein in einem Nudelsuppenladen verschwanden. Der feuchte lauwarme Wind wirbelte meine Haare auf. Der Himmel sah aus wie eine Studie in Blau. Warum bloß fühlte ich mich so traurig? – Als hätte ich gerade von jemandem Abschied genommen.

Als ich wieder zu Hause war, nahm ich mir das Bier, das ich nach ärztlicher Vorschrift eigentlich nicht trinken durfte, und rief bei meinen Eltern an.

Meine ältere Schwester nahm ab, und ich erzählte ihr, was heute geschehen war und dass die Betäubungsspritze weh getan hätte.

»Och, wie schade! Kannst du nicht wenigstens sagen, sie sollen die Fischform erhalten?« Meine Schwester mischte sich in Dinge ein, die sie nichts angingen, aber was sie sagte, schlug in meinem Herzen ein wie der Blitz. Sie hatte genau den Punkt getroffen.

Dann kam meine Mutter an den Apparat. »Hör mal, ich hab eben geträumt. Von dir. Und als ich wach geworden bin, musste ich weinen.«

»Wie bitte? Das bedeutet sicher Unglück!«, warf ich ein, aber Mutter fuhr fort: »Nein, überhaupt nicht. Ich habe nur von etwas geträumt, das wirklich passiert ist: Wir waren zusammen an den Strand gefahren, alle vier, wir hatten den Sonnenschirm aufgebaut und uns Liegen ausgeliehen, du bist damals ungefähr zwei Jahre alt gewesen und hast gequengelt, weil du müde warst. Also hab ich dich auf eine Liege gelegt, und du bist prompt fest eingeschlafen, nass wie du warst vom Planschen im Meer.«

Warum stimmte mich diese Geschichte nur so traurig? Beim Zuhören wusste ich wieder ganz genau, wie sich das damals angefühlt hatte: mein kleiner Körper klitschnass, der Badeanzug meiner Mutter ebenfalls nass, ich war so müde, mir war so heiß, alles war so unangenehm, aber ich konnte nichts machen, mich nicht wehren.

»Wie furchtbar traurig, Mutter!«

»Sag ich doch!«

Vielleicht, weil mein Vater inzwischen alt geworden war und kaum noch laufen konnte, weil meine Mutter längst nicht mehr schwimmen ging und weil es nur noch eine Geschichte von früher war, an die man sich wehmütig erinnerte? War ich deshalb so traurig? Nein, ich war traurig aus Mitleid mit Mutter, die diesen Traum gehabt hatte.

Die Stelle unter dem Mullverband war noch ein wenig geschwollen und juckte. Und weil sie juckte, schob sie sich ständig in mein Bewusstsein. Da plötzlich traf mich die Erkenntnis wie ein Schlag: Der kleine Fisch war für immer weg! Dieser Teil meines Körpers, der mir immer treugeblieben war und mich durch glückliche wie unglückliche Zeiten meines Lebens begleitet hatte… Plötzlich kam mir das ganz entsetzlich vor. Auf jeden Fall sah ich jetzt anders aus als vorher.

Ich hatte die Entscheidung getroffen, das Atherom besser jetzt entfernen zu lassen, bevor es irgendwann eh aufgeschnitten werden musste – wenn ich schon so bestürzt reagierte, wie mochte es dann erst Leuten ergehen, die sich einer Schönheitsoperation unterzogen hatten? Sie würden sich selbst niemals wiedersehen können. Was etwa bedeutete eine Brustvergrößerung? Man war doch an den Anblick seiner Brüste gewöhnt, wie klein sie auch immer sein mochten, sie bestanden aus eigenen Körperzellen – wie war es da, wenn man diesen Teil des Körpers verändern ließ? Das soll nicht heißen, dass ich derartigen Eingriffen ablehnend gegenüberstehe. Ich hatte nur noch nicht über die Konsequenzen nachgedacht.

Mein Freund kam nach Hause, und ich erzählte ihm, was heute geschehen war.

»Das heißt also, der kleine Fisch ist schon weg? – Wie schade!«, bedauerte er aus tiefstem Herzen, nachdem die erste Überraschung verflogen war.

Da fiel mir ein, dass ich bisher alle meine Liebhaber vorgewarnt hatte, bevor ich mich das erste Mal vor ihnen auszog: Ich habe da was, weißt du, ein Atherom, das aussieht wie ein kleiner Fisch... Doch keiner hatte sich je daran gestört. Nie hätte es jemand besser gefunden, es wegmachen zu lassen. Also hatten wohl auch die anderen dieses fischförmige Knötchen als einen Teil von mir angesehen. Und wenn ich mit Liebeskummer in der Badewanne saß und weinte, war mein Blick auf dieses Knötchen gefallen. Selbst dann hatte ich es stets als Teil von mir anerkannt.

Es war an der Zeit, zu Abend zu essen, und wir setzten uns wie üblich mit einer Kleinigkeit vor den Fernseher. Es gab Gyōza*, Bier und Salat aus Wurzelgemüse mit Mayonnaise. Nichts war anders als sonst, aber ich war irgendwie betrübt. Die Wirkung der Betäubungsspritze hatte nachgelassen, und ich spürte einen pochenden Schmerz in der Wunde. Deshalb nahm ich eine von den Schmerztabletten, die man mir in der Praxis mitgegeben hatte, wurde schrecklich müde davon, legte mich aufs Sofa und schlief tief und fest ein.

Als ich hochschreckte, war eine ganze Stunde vergangen.

Mein kleiner Fisch ist weg, dachte ich.

Ich wünschte, es wäre wieder heute Morgen, dachte ich. Obwohl ich mich dann sehr wahrscheinlich wieder dazu entschließen würde, ihn entfernen zu lassen. Ohne jeden Bezug zur Vernunft wollte ich einfach meinen kleinen Fisch noch einmal sehen, noch einmal berühren.

Mir war, als ginge es um einen Menschen. Wenn ich den Mullverband auf meiner Brust abnähme, wäre dieses Gebilde nicht mehr da. Ich hatte mich verändert. Ich kam mir wirklich anders vor, ohne Übertreibung. Ein Gefühl, wie wenn man sich notgedrungen von jemandem trennen muss, der einem etwas bedeutet hat ... Zum Beispiel: Man begegnet

* Gyōza: kleine gebratene chinesische Maultaschen. (Anm. d. Ü.)

auf Reisen einem Menschen, egal ob Mann oder Frau, mit dem man sich auf Anhieb anfreundet, weil man die gleiche Wellenlänge hat. Keine Verbindung, aus der eine große Liebe oder eine lebenslange Freundschaft werden würde, aber jemand, mit dem man sich so richtig gut versteht, der aber so weit weg wohnt, dass man sich wohl niemals im Leben getroffen hätte, wenn nicht zufällig unterwegs. Und nehmen wir weiter an, dass man nach dieser Begegnung beschließt, die nächste Woche gemeinsam zu verbringen, weil man dasselbe Reiseziel hat: Man isst zusammen, besucht zusammen die Sehenswürdigkeiten, übernachtet im selben Hotel, geht im Zimmer des anderen ein und aus, lacht miteinander, gerät ab und zu ein wenig aneinander – und dann, eines Tages, muss man sich wieder trennen, weil das nächste Reiseziel ein anderes ist. So ein Gefühl meine ich. Es ist ja nicht so, als würde man diesen Menschen furchtbar lieben, denkt man, während man das letzte Mal gemeinsam frühstückt, und dass man sich schon noch irgendwann wiedersehen wird. Von diesem Zeitpunkt an breitet sich eine eigenartige Traurigkeit zwischen beiden Beteiligten aus. Man tauscht Adressen und Telefonnummern, begleitet den anderen zum Bahnhof, winkt ihm nach.

Und wenn man sich dann allein auf den Weg zurück macht, fällt einem plötzlich auf, wie traurig und einsam man doch ist. Hier, an diesem Ort, würde man sich sowieso nie mehr wiedertreffen, und man würde wahrscheinlich auch nie mehr zusammen reisen. Und selbst wenn man sich irgendwann wiedersähe – wir würden nie mehr die Reisegefährten sein, die sich noch bis gestern zusammen schlapp gelacht hatten. Den Menschen, der noch vor wenigen Augenblicken so nah vor einem stand, dass man ihn hätte berühren können, würde man womöglich nie mehr im Leben wiedersehen.

Da erst erhält die Summe der Erinnerungen an diese Reise ihren kostbaren Glanz, und man weiß plötzlich um die Grausamkeit und Vergänglichkeit der Zeit.

Ob sich der andere jetzt wohl genauso traurig und einsam fühlte? Jetzt zumindest vermisste man ihn heftiger als jeden Geliebten, jeden guten Freund oder engen Verwandten. Doch schon in ein paar Stunden würde man einen neuen Tag beginnen – das Gefühl würde nachlassen, man würde anfangen, sich gegenseitig zu vergessen. Und das war das Traurigste von allem.

Mitten in der Nacht klingelte das Telefon. Der Anrufbeantworter sprang an, und eine ohrenbetäubend laute Nachricht ertönte. Ich kannte die tiefe Stimme, die mir da aufs Band brüllte – sie gehörte dem Betreiber einer Bar im Schwulenviertel von Shinjuku:

»Mein Gott, schläfst du etwa schon?! Haaallo, ich bin's! Ruf doch mal zurück! – Ich bin's, hörst du? Mach schon, bütte, bütte, wach auf! Ruf mich sofort zurück, wenn du das abhörst, klar? Es ist sehr, sehr dringend!«

Ich überlegte kurz, rief dann doch zurück, aber wie ich befürchtet hatte, waren zwei Freundinnen von mir dort total versackt. Im Wechsel mit dem Wirt der Bar riefen sie, stockbetrunken wie sie waren, kompletten Unsinn ins Telefon: »Ich kündige in der Firma, jawoll, das sag ich dir! – Die Wohnung, die ich so gern gehabt hätte, hab ich doch nicht gekriegt! – Urlaub brauch ich, dringend! Lass uns zusammen ins Onsen fahren! – Was für eine Unterhose trägst du gerade?...« So ging das in einem fort – fehlte nur noch, dass sie mich zu sich zitierten. »Wir haben dich bloß angerufen, weil wir gerade nix anderes zu tun hatten!«, krakeelten sie alle zusammen ins Telefon. Sie brüllten diese Unverschämtheit mit solch unbändiger Energie, dass meine Traurigkeit auf einmal wie weggeblasen war. Die frechen, unflätigen Stimmen dieser ausgelassenen Menschen klangen in meinen Ohren rein und hold wie Engelsgeflüster.

Die Freundin, die zuletzt am Apparat war, besaß ein sehr feines Gespür.

Ich hatte nur gesagt: »Ins Onsen werde ich frühestens in der zweiten Monatshälfte mitfahren können. Ich hatte doch da so ein Atherom auf der Brust – ist euch bestimmt schon mal aufgefallen –, das lass ich mir gerade weglasern, und nach der Behandlung darf ich drei Tage nicht ins Bad.«

Sofort fragte sie: »Moment, warte mal – geht dir denn damit nicht etwas verloren?«

»Ach was, nein… Rein physisch betrachtet verliere ich natürlich das Atherom, aber…«

»Als ich dich eben so hörte, hatte ich irgendwie das Gefühl, als hättest du dich gerade von jemandem getrennt, so hast du geklungen – als wäre etwas unheimlich Trauriges im Gange, eine unwiderrufliche Veränderung, so ist es jedenfalls bei mir angekommen…«

Sie hat den Nagel auf den Kopf getroffen, dachte ich. In den ohrenbetäubenden Chor der anderen hinein, der immer noch im Hintergrund zu hören war, rief sie: »Jetzt haltet doch mal die Klappe!«, und die anderen beiden kamen nacheinander wieder ans Telefon: »Tut uns furchtbar leid, dass wir dich so spät noch angerufen haben… Hättest du übrigens was dagegen, noch zwei, drei Stunden mit uns zu plaudern?« Nachdem ich diesen »Witz« mindestens dreimal über mich hatte ergehen lassen, legten sie auf.

Es war still geworden im nächtlichen Zimmer, und meine Trauer hatte ein klein wenig nachgelassen. So ein Gespräch mit Menschen, die man mag, die einen anrufen, wann immer sie Lust haben, mit einem zu quatschen, auch wenn das mitten in der Nacht sein sollte, die reden, mit wem sie reden wollen, und zwar unzweideutig und ohne Hintergedanken, ist weitaus weniger ermüdend als ein nur fünfminütiges, höfliches Telefonat zu ziviler Tageszeit mit Leuten, die man kaum kennt und mit denen man auch nicht besonders gerne reden will.

Ich fühlte mich diesen lärmenden Engeln zu Dank verpflichtet. Es war, als hätte Gott mich bemerkt, wie ich in Trauer versunken war und unter Schock stand, und sie mir geschickt, um mich da herauszureißen.

Sicher würde es mir irgendwann keinen Stich mehr ins Herz versetzen, wenn ich die flache, glatte Haut auf meiner Brust betrachtete. Dann würde mir dort kein Phantombild meines Fischleins mehr erscheinen. Bald schon würde ich es positiv sehen, denn schließlich war ich schöner geworden und brauchte mir keine Sorgen mehr um meine Gesundheit zu machen. Aber heute Nacht trauerte ich sehr um meinen langjährigen Weggefährten, meinen kleinen Fisch, der mich bis heute Morgen noch überallhin begleitet hatte und den ich nun nie mehr wiedersehen würde. »Danke für alles, mein kleiner Fisch, und entschuldige, dass ich dich so plötzlich mit diesen Laserstrahlen hab wegbrennen lassen! Du warst ein treuer Freund und hast es sicher gutgemeint mit mir, aber nun lebe wohl!«, dachte ich und kroch ins warme Bett zurück, in dem mein Freund längst tief und fest schlief.

Mumie

Junge Frauen, noch keine zwanzig, sind meistens ziemlich eingebildet. Mit ihrem Köpfchen glauben sie, die Welt zu kennen, schon alles gesehen und erlebt zu haben. Natürlich war es bei mir nicht anders. Auch hat man oft seine Launen, ist ohne ersichtlichen Grund widerborstig und gereizt. Das müssen die Hormone sein. Spielen sie verrückt, können sie die Sinneswahrnehmung extrem schärfen. Ein kurzes, helles Leuchten wie ein sich schillernd über den Himmel spannender Regenbogen. Und ganz selten trifft man auf jemanden, der genau wittert, in welchem Zustand man sich befindet.

Es war erst Juni, aber der Pharmazieunterricht ödete mich bereits furchtbar an. Auf dem Heimweg von der Uni trottete ich lustlos durch den abendlichen Park, als ich hoch am Himmel einen leuchtenden Farbschweif entdeckte. Langsam, langsam löste er sich auf, und plötzlich dachte ich: So einen Himmel wirst du vielleicht länger nicht mehr sehen…

Ich hatte richtig geahnt. Wenig später begegnete ich einem jungen Mann, den ich schon häufig gesehen hatte. Er wohnte in der Nachbarschaft. Von ihm ließ ich mich abschleppen und einsperren, und so konnte ich tatsächlich eine Weile nicht mehr nach Hause zurück.

Ich wusste nur, dass Tajima Doktorand war und die Hälfte des Jahres in Ägypten verbrachte, um bei archäologischen Ausgrabungen mitzuhelfen. Sonnengebräunt und gertenschlank, wirkte er, betont noch durch seine Brille, wie ein netter Nachhilfelehrer, der sich bestimmt nicht über mangelnden Erfolg bei Frauen beklagen musste. Seine Augen hatten mir von Anfang an gefallen. Wenn wir uns auf der Straße begegneten, grüßte ich immer.

»Guten Abend«, sagte ich, ohne mir etwas zu denken, und senkte leicht den Kopf. Er lächelte.

»Ich arbeite gerade an einem Aufsatz und wollte ein wenig frische Luft schnappen«, sagte er. »Letzten Monat wurde in diesem Park jemand ermordet. Besser, du läufst hier nicht allein herum. Soll ich dich begleiten?«

Wer sagt mir denn, dass ich dir trauen kann?, dachte ich, hielt mich aber zurück.

»Hat man den Täter noch nicht erwischt?«

»Nein, auch bei uns an der Uni wurde ermittelt.

Wir sind ja oft bis spätnachts da, und wir haben Werkzeuge, mit denen man einen Menschen zerstückeln könnte…«

»Ist der Tote denn zerstückelt worden?«

»Scheint so. Es fehlt nur noch der Kopf.«

»Der Kopf…«

In dem Augenblick, als meine Hand sich an den Hals legte, konnte ich in seinen Augen lesen, was für ein Schicksal mich bald erwarten würde.

Bedrängt durch die hereinbrechende Dämmerung und den Gedanken, er wisse vielleicht, wer der Mörder sei, wurde mir immer mulmiger. Ich stellte mir vor, wie sich der Mörder irgendwo im Dunkeln versteckte, und überlegte keine Sekunde länger. Vernünftig konnte man den Entschluss nicht nennen, aber bei den Menschen gibt es keine feste Brunstzeit, das Feuer der Begierde kann sie jederzeit, von einem Moment auf den andern, erfassen. Auch das war wohl ein Grund, warum ich ihm folgte. Dieses Leuchten in seinen Augen, ein unwiderstehliches betörendes Etwas… Wäre ich ein wildes Tier gewesen, hätte ich längst die Flucht ergriffen. Hätte die Gefahr für Leib und Leben erkannt. Aber naiv, wie ich war, ließ ich meinem Trieb freien Lauf. Dabei hätte ich in diesem Moment noch fliehen können, die letzte Chance.

Zu spät. Zwischen den dunklen Silhouetten der

Bäume tauchten wir schon ein in eine noch viel dunklere Welt, die nur uns beiden gehörte.

In der Nähe meiner Wohnung sagte er plötzlich: »Es wäre schade, wenn wir uns jetzt einfach verabschieden würden.« Seine Augen blickten ernst.

»Was heißt das... Du denkst an eine Verabredung oder so was?«, fragte ich.

Er war überhaupt nicht mein Typ. Was er erzählte und womit er sein Leben verbrachte, interessierte mich nicht. Nur dieses Gefühl, wenn ich neben ihm herging... Das Gefühl, von etwas umschlungen zu werden... Nur das war's, was mich fesselte. Mich mit ihm vor dem Bahnhof oder in einem Café zu verabreden, konnte ich mir nicht im Traum vorstellen. Was soll dieser Quatsch, dachte ich und wollte mich davonmachen.

»Warte! Ich möchte dir etwas zeigen.«

Die Straße in der Abenddämmerung war menschenleer. Er umklammerte mich. Es roch muffig, wie ein alter, abgetragener Pullover. Wenn ich nicht mit ihm gehe, wird er mir sicher nachstellen und mich umbringen... Es wird alles nur noch länger dauern... Je früher es vorbei ist, desto besser, dachte ich. Ach was, vielleicht *wollte* ich ja mit ihm gehen. In dem Moment wünschte ich mir nichts sehnlicher, als einen Teil meines Körpers mit dem seinen zu vereinen. Sein Feuer griff auf mich über. Ein Feuer, das ich noch nie gespürt hatte, unangenehm, fiebrig, gefräßig, und das mich doch irgendwie faszinierte, mich im Innersten berührte.

Sein Studio war groß und geräumig – ein ausgebauter Speicher, der ursprünglich zum Anwesen des Vermieters gehörte. Unter dem hohen Dach befand sich eine Galerie, zu der eine Leiter führte. Da saß ich nun, während er Kaffee kochte, in diesem fremden Raum und schaute angespannt zu, wie die Fensterscheiben mit Dampf beschlugen. Überall lagen gruselige Dinge herum. Dinge wie aus alten ägyptischen Gräbern: Pfeilspitzen, ein Krokodilskopf aus Stein, Tonscherben, seltsame Figuren, Töpfe…

»Du wolltest mir etwas zeigen.«

Was für eine dämliche Bemerkung, dachte ich, wo wir doch beide nur das eine im Kopf hatten.

»Später.«

Als könnte er meine geheimsten Gedanken lesen, stieß er mich jäh auf die Tatamimatte.

Sein Körperbau, sein Gesichtsausdruck, während wir es machten, sein aufdringlicher, wie aus Pornofilmen abgeschauter Sex – nichts von dem mochte ich. Das Eindringen erregte, ja interessierte ihn nicht. Seine ganze Begierde entzündete sich nur am Gucken. Mir auch meinen Spaß zu gönnen schien ihm kaum einen Gedanken wert. Zwar gelangte ich im Nu und gleich mehrmals zum Höhepunkt, aber ohne dieses vertraute Gefühl wie sonst beim Sex. Es war ein merkwürdiger, bizarrer Genuss, und trotzdem...

Diese unglaublich dünnen Arme, die hervortretenden Rückenwirbel, die kräftige Behaarung, die langen Wimpern, wenn er seine Brille abnahm, die dunkle, sonnengegerbte Haut – das alles zog mich unglaublich an. Auch dass er von Anfang bis Ende kein einziges Wort sagte, riss mich in seinen Bann.

Es fühlte sich genau so an wie früher, wenn wir mit der Familie zum Strand gingen und ich mich am Wellenrand hinlegte. Der wasserdurchspülte Sand bewegte sich unter meinem Körper hin und her, und obwohl der Sand mehr und mehr in den Badeanzug drang und ich genau wusste, wie mühsam es sein würde, ihn wieder wegzukriegen, ließ ich es gern geschehen... So ein Gefühl. Zuerst sträubt man sich dagegen, aber sobald der Widerstand überwunden ist und man sich der sanften Gewalt des weichen, nasswarmen Sandes ergibt, möchte man am liebsten ewig liegen bleiben.

Als die erste Runde vorbei war, kletterten wir nackt auf die Galerie.

Ich durfte meine Eltern nicht anrufen. Er machte

einfach weiter, die ganze Nacht hindurch, wie ihm beliebte.

Als junges Mädchen hatte ich meine eigene Theorie, was die Liebe betraf. Alles hing davon ab, ob ich bereit war, einem Menschen zu verzeihen, was er in seiner Phantasie mit mir anstellte. Auch die schmutzigsten Phantasien. Wenn nicht, blieb es bei einer normalen Freundschaft, egal, wie gut wir uns verstanden. So hatte ich es mir zumindest vorgenommen. Doch eine Beziehung, bei der Vertrauen und Verzeihen absolut keine Rolle spielten, sondern einzig und allein der Sex – daran hatte ich nicht im Traum gedacht. Es gab also noch Überraschungen in der Welt … Stumm machten wir immer weiter, wurden nicht müde. Nur einmal fragte ich: »Wann hattest du eigentlich das letzte Mal Sex?« Sein Durchhaltevermögen beeindruckte und beunruhigte mich zugleich. »In der Oberschule, ein einziges Mal«, antwortete er. Ach so, dachte ich, kein Wunder.

Ich wollte wissen, wie spät es war, aber er hatte die Uhren versteckt, und vor dem Fenster hing ein schwerer, schwarzer Vorhang, der den Raum in eine Dunkelkammer verwandelte. Ich schlief ein und wachte wieder auf. Es war mir jetzt alles egal, ich wollte nur Wasser trinken, trinken und noch mal trinken. Selbstverständlich war ich auch auf dem

Klo nicht allein. Einmal urinierte ich sogar in gefesseltem Zustand. Was man vor den eigenen Eltern und Geschwistern nie tun würde, geht vor jemandem, den man kaum kennt, ganz leicht… Sex ist eine seltsame Sache. Je länger alles andauerte, desto stärker wurde das Gefühl, nie etwas anderes gemacht zu haben.

»Dass ich dir etwas zeigen wollte, war nicht gelogen«, sagte er plötzlich, nachdem ich etwa beim zwölften Mal die Bemerkung fallenließ, meine Eltern würden sicher die Polizei anrufen, wenn ich mich nicht bald meldete. Aus der Tiefe eines Regals mit sorgsam eingereihten Ordnern und Büchern holte er eine schmale, längliche Schachtel hervor. Er öffnete den Deckel, und was sah ich: die kleine, schrumpelige Mumie einer Katze.

»Uuuh…«, entfuhr es mir. »Hast du die selber präpariert?«

Er nickte. Ich erschrak. Die Frage war mehr ein Scherz gewesen.

»Ich mochte die Katze sehr, wirklich. Achtzehn Jahre alt ist sie geworden. Wie bei den ägyptischen Mumien hab ich die Eingeweide herausgenommen und duftende Kräuter und Gräser reingetan. Nicht einfach und nicht sehr appetitlich, das ganze Prozedere, Details erspar ich dir. Es braucht ziemlich viel Mut. Natürlich war ich auch neugierig, ich wollte wissen, ob ich selber so eine Mumie präparieren kann, aber das allein reicht noch nicht …«

»Es hat dich sicher Überwindung gekostet.«

»Allerdings. Du denkst vielleicht, es hätte mir Spaß gemacht, aber es war eine traurige Angelegenheit. Ich hab sie ja nicht getötet, und trotzdem kommt es mir vor, als hätte ich sie mit eigenen Händen umgebracht.«

»Das ginge mir auch so.«

»Ich wollte sie eben unbedingt erhalten, ihre äußere Gestalt.«

»Wenn sie wüssten, wie es geht, würden das wahrscheinlich noch viele tun. Wie jene Leute, die Tiere ausstopfen oder aus Fellhaar einen Pullover stricken. Ist doch fast das Gleiche, oder?«

Er schwieg. Nach einer Pause sagte er: »Ich weiß, du willst mich nicht mehr sehen, aber kannst du nicht wenigstens noch einen Tag bei mir bleiben? Wenn du deine Eltern jetzt anrufen willst, bitte.«

»Unmöglich«, sagte ich.

Eingehüllt in ein hübsches Tuch, lag die Katzenmumie still und reglos da.

Sobald man empfänglich wird für die gute Seite eines Menschen, kann er nicht mehr jene Bestie bleiben, für die man ihn bis vor wenigen Augenblicken noch gehalten hat. Ein Störenfried namens

»Mitgefühl« schlich sich in mein Herz und bedrängte mich.

Meine Eltern haben mich oft dafür getadelt, aber schon als Kind konnte ich ziemlich kühl und abweisend sein. Einmal, erinnere ich mich, wollte meine Mutter im Kaufhaus etwas besorgen, sie geriet an einen unfähigen Verkäufer, der weder ein Gespür für seine Kunden hatte noch die mindeste Ahnung, wie man sie anständig berät. Als Mutter begann, ihre Einkäufe woanders zu erledigen, sagte ich: »Das hat er nun davon, dieser armselige Wurm …«, worauf sie mich empört zurechtwies: »So was denkt und sagt man nicht, verstanden?« Das sei arrogant, ja menschenverachtend, schalt sie mich. Gewiss, ich habe keinen Grund, auf andere herabzusehen; aber den Verkäufer konnte ich damals beim besten Willen nicht anders sehen. Ein kleiner, hilfloser Wurm, der blind in einer Schachtel umherkriecht. Auch jetzt erging es mir so. Mein aufrichtiges Gefühl ließ sich doch nicht beirren. Jemandem, mit dem ich mir keine längere Beziehung vorstellen konnte, wollte ich mein Herz nicht öffnen. Ich entschloss mich aufzubrechen.

»Ich ruf mal zu Hause an.«

Kaum hatte ich das Handy aus meiner Tasche geholt, riss er es mir aus der Hand und schmetterte es zu Boden.

»Hey, was soll das?!« Empört stand ich auf, wandte mich zur Tür. Da stürzte er los und wollte sich abermals über mich hermachen. Instinktiv ergriff ich eine lange, schmale Tonfigur, die gerade in Reichweite war, und schlug zu. Die Figur zersprang in tausend Stücke, Blut rann über sein Gesicht.

In diesem Moment begann all das, was für mich in dem Wort »Liebe« schlummerte, zu kochen und zu brodeln. Jene Menschen, die ich in der Vergangenheit geliebt hatte und die ich in Zukunft lieben würde; meine Unfähigkeit, sie zu verstehen, Hoffen und Bangen, Trauer und Schmerz – in diesem einen, einzigen Augenblick kam alles hoch, quoll über.

»Es tut mir leid… Was hab ich nur getan!«

Tränen kullerten aus meinen Augen. Ich schlang die Arme um ihn.

»Schon gut, ist meine Schuld«, sagte er.

Ich verarztete ihn notdürftig, dann rief ich meine Eltern an. Ich bin für zwei, drei Tage weg, macht euch bitte keine Sorgen, sagte ich und legte schnell auf.

Nun schon im Frühstadium der Liebe, kroch ich auf der Galerie wieder unter seine Decke. Wir bewegten uns vorsichtig, um ja die Wunden nicht zu berühren.

Doch der Moment des Abschieds rückte unerbittlich näher. Wir wussten es beide.

Als ich einmal erwachte, saß er aufgerichtet im Bett. Der fahle Lichtstrahl einer Straßenlaterne fiel auf ihn. Reglos betrachtete er meinen entblößten Bauch. Schaute und schaute. Als würde er ihn mit seinem Blick durchdringen, bis in die Eingeweide hinein. Er will mich zu einer Mumie machen, dachte ich unwillkürlich. Seltsamerweise hatte ich keine Angst und schlief wieder ein.

Als ich abermals erwachte, regnete es in Strömen. Wenn es aufhört, geh ich nach Hause, sagte ich. Er nickte. Das Blut der Wunden in seinem Gesicht war eingetrocknet. Während ein heftiges Gewitter um uns tobte, verbrachten wir die letzten gemeinsamen Stunden.

Ich möchte mich lieber nicht daran erinnern, wie wütend meine Eltern waren. Wäre er der Mörder gewesen, hätte die Sache wenigstens noch einen interessanten Dreh bekommen. Doch nichts davon. Kurz darauf wurde der Mörder gefasst. Ein verrückter Typ mittleren Alters hatte seine Geliebte umgebracht und zerstückelt.

Danach begegnete ich Tajima nie wieder. Es hieß, er sei im Ausland malariakrank geworden, seit seiner Rückkehr leide er unter einer Neurose, er sei im Krankenhaus oder müsse regelmäßig hingehen. Wie auch immer, ich schloss mein Studium ab, wurde Apothekerin und zog aus der Stadt.

Ein paar Jahre später veröffentlichte er seinen ersten Kriminalroman, der in Ägypten spielte. Er wurde ein wenig berühmt, in Zeitschriften erschienen Fotos und Interviews. Na sieh mal an, dachte ich. Einer wie er, der klug war, sich für Archäologie interessierte und über eine besondere Wahrnehmungsfähigkeit verfügte, musste ja Schriftsteller werden. Aber so großartig fand ich das nun auch wieder nicht – eine Meinung, für die mich meine Eltern bestimmt wieder gescholten hätten. Wie arrogant!

Offenbar hatte er geheiratet; auf den Fotoseiten der Hochglanzmagazine prangten jetzt auch Bilder seiner Frau. Dass sie ähnlich gebaut war wie ich, war selbst mit Kleidern unschwer zu erkennen. Als ich sie das erste Mal sah, spürte ich einen leisen Stich in meiner Brust.

Ich verliebe mich wie andere auch, verabrede mich mit meinem Freund, mache mich schön für ihn, wir reden über dies und das und gehen miteinander ins Bett. Dass einer, dem ich am Abend zufällig auf der Straße begegne, mich noch einmal so verrückt macht, wird wohl kein zweites Mal mehr vorkommen. Es war ein besonderer Augenblick gewesen, in dem meine seltsam übersteigerte Sinneswahrnehmung die Grenzen zwischen Phantasie und Wirklichkeit auslöschte. Gewöhnlich geschehen Dinge aus verschiedenen Gründen. Doch wenn man alles ignoriert und sich nur auf eines konzentriert, wird alles möglich. Zufällig kreuzten sich an jenem Tag unsere Wege, mein Gemütszustand traf auf seinen, sie passten genau zueinander, es kam zu einer Art chemischer Reaktion, und wir beide fanden uns urplötzlich in einer neuen Sphäre wieder. Eine gewaltige, überwältigende Energie musste dabei am Werk gewesen sein.

Manchmal denke ich: Ist denn mein Leben, aufgefächert in einen Reigen von Aktivitäten, jetzt besser, richtiger, glücklicher?

Jener Abend, als ich mit offenen Augen in seinen Armen lag und lauschte... Wie unendlich schön, wie bezaubernd erschien mir das Donnern und Grollen des Gewitters! Um ein Haar hätte ich diese Welt aus eigener Kraft nicht mehr verlassen können.

Ich stelle mir vor: Was, wenn er mich wie seine Katze in eine Mumie, in ein Wesen anderer Daseinsform verwandelt hätte? Oder wenn meine leidenschaftliche, erstickende Liebe ihn erschlagen hätte, wenn sein Kopf wie eine Melone zerplatzt wäre?

Nun, ich muss gestehen, so schlimm wär das auch nicht gewesen.

Heiterer Abend

Eine Jugendfreundin war plötzlich krank geworden. Als ich die Nachricht erfuhr, eilte ich, sobald meine Arbeit es zuließ, zu ihr ins Krankenhaus. Ein großes Zimmer, lauter betagte Leute. Ihre hohe, helle Stimme war leise, aber deutlich zu hören. Ganz hinten in der Ecke saß sie im Pyjama auf dem Bett und sprach mit ihrem Besuch, der sich, kaum hatte er mich bemerkt, schnell verabschiedete. Mehr als zehn Jahre hatten wir uns nicht mehr gesehen, und dennoch ein eigenartig vertrauter Anblick: ihr nicht ganz so dunkles Haar, die Farbe ihrer Augen genau wie früher. Der schlanke Körper, das zerbrechliche Handgelenk, die zierlichen Schultern. Wir sprachen mit gedämpfter Stimme, um die Ruhe nicht zu stören.

»Erst wenn man aufschneidet, wird man sehen, ob es gut- oder bösartig ist. Stell dir vor, zuerst hat der Arzt gesagt, mit größter Wahrscheinlichkeit wäre es bösartig, und gleich einen Operationstermin festgelegt, und als er sich das Ergebnis der

MRT-Untersuchung anguckte, meinte er, es wäre vielleicht doch gutartig. Wenn der nicht ein bisschen durcheinander war ...«

Die Art und Weise, wie sie mit der Sache umging und sich nicht aus der Fassung bringen ließ, beeindruckte mich. Kein Zweifel, dass sie sich Sorgen machte, dass Gedanken über das Leben und den Tod sie beschäftigten, aber wie es schien, hatte diese Krankheit äußerlich nicht den geringsten Einfluss auf sie. Bis zum Tag vor der Aufnahme ins Krankenhaus ging sie arbeiten, von ihrer Erkrankung erzählte sie so gut wie niemandem etwas. »So etwas wird mir sicher nicht passieren« – was wir alle hoffen, hoffte gewiss auch sie. Doch sah es keineswegs danach aus, als hätte sie auch nur eine Sekunde daran gedacht, dass diese Angelegenheit ihr Leben verändern könnte. Man hatte etwas gefunden, also musste es weg. Ich lasse mich im nächstgelegenen Krankenhaus operieren, und sobald ich gesund bin, geh ich wieder arbeiten. Im Moment ein wenig unangenehm, aber was soll's ... So wirkte sie.

In dieser unbekümmerten Haltung offenbarte sich meiner Meinung nach – auch wenn das normalerweise nicht als etwas Besonderes betrachtet wird – der großartige Charakter einer Frau, die stets ihr eigenes Leben gelebt hatte, voller Energie und Zuversicht. Jedenfalls schien sie auch jetzt, trotz des

Schnarchens und Röchelns vor sich hin dösender Patienten, trotz der diversen Geräusche und Gerüche im nachmittäglichen Krankenzimmer, kein bisschen angeschlagen oder mitgenommen zu sein. Sie reckte das Kinn, als wären ihr die Umstände ein wenig peinlich.

Wir schlenderten durch den Gang. »Und das Essen hier, furchtbar. Zum Frühstück Reis mit zerkleinertem Fisch, brr! Dieses Katzenfutter krieg ich nicht runter«, ereiferte sie sich lautstark, obwohl Krankenschwestern in der Nähe waren. Vor dem Lift blieben wir stehen. Lächelnd winkte sie. Das Letzte, was ich von ihr sah, bevor die Tür sich ganz schloss, war das Muster ihres Pyjamas.

Schon oft hat mir jemand seine Hilfe angeboten. Ich habe auch schon um Hilfe gebeten. Aber wenn ich, ohne Hintergedanken und unabhängig davon, welche Rolle die Leute später in meinem Leben spielten, mich hin und wieder fragte: »Gab es mal jemanden, der mir wirklich geholfen hat, mehr als alle anderen?«, dann musste ich immer an sie denken.

Wie es dazu kam, weiß ich nicht mehr so genau. Es war in der Mittelschule, als ich eines Tages nur aufgrund meines Namens oder meines Sitzplatzes dazu auserkoren wurde, zusammen mit Schülern

einer anderen Klasse irgendwelche Unterrichts-
materialien anzufertigen. Ich hatte absolut keine
Lust und kniff dreimal, was mich schnell zum ver-
hassten Außenseiter machte. Bei der erstbesten Gelegenheit wurde es mir heimgezahlt, indem man
mir den mühsamsten Teil der Arbeit überließ.

Wenigstens einmal solltest du dich blicken lassen,
hatte ich gedacht und war arglos ins Klassenzimmer
getreten, wo die Schüler an der Arbeit waren.
Feindseligkeit und Verachtung schlugen mir entgegen. Wie war es möglich, jemanden, den man noch
gar nie gesehen hatte, derart zu hassen? Beneidens-
wert, dachte ich. Sicher gibt es viele Leute, die sich
aus irgendeinem Grund entscheiden, irgendwas
oder irgendwen zu hassen, und ihren eben noch
friedlich schlummernden Hass auf das auserwählte
Objekt richten, überzeugt, es sei alles seine Schuld.
So vergiftet sich die Atmosphäre, und am Ende
kommt es vielleicht gar zum Krieg... Derlei Gedanken gingen mir, einem naiven jungen Mädchen,
durch den Kopf, aber es änderte nichts: Ich fühlte
mich schlecht behandelt.

»Tja, dann viel Spaß«, sagten sie schadenfroh und
ließen mich allein im Zimmer zurück. Ich blickte auf die herumliegenden Arbeitsutensilien, die
Schreibstifte, den Maßstab und hatte nicht die ge-
ringste Ahnung, was zu tun war. Ich ging ins Leh-

rerzimmer, um den zuständigen Lehrer zu fragen. Einer, der die schlechten Schüler in der Reihenfolge ihrer Zensuren zu züchtigen pflegte, wobei er die Zensuren zuerst laut ausrief, bevor er zuschlug. Ein verhasster Typ. »Das kommt davon, wenn man durch Abwesenheit glänzt… Überleg doch mal selber!« In diesem Stil redete er fast ein halbe Stunde auf mich ein. Nur weil ich keine Lust hatte, etwas zu machen, was mir gegen meinen Willen aufgezwungen wurde; nur weil ich lieber woanders mitgeholfen hätte. Was für eine Welt, in der eine Kleinigkeit zu so viel Ungemach führte… Ich versuchte Ruhe zu bewahren – ich war ja kein kleines Kind mehr –, aber umsonst. Vor Wut und Elend schossen mir Tränen in die Augen. Als der Lehrer die Tränen bemerkte, begann er endlich zu erklären, was ich genau machen sollte. Sein herablassendes Getue konnte er sich dabei nicht verkneifen. Lehrer, die meinten, Schwänzen müsse hart bestraft werden, dumme Schüler, die sich bereitwillig unterwarfen, und dann noch dieser Erwachsene hier, der sich wie selbstverständlich auf ihre Seite stellte – Dreckskerle, dachte ich. »Sag's doch gleich, wenn du kapiert hast. Ich hab auch Arbeit, siehst du nicht?!« Stillschweigend ertrug ich seine Worte. Nur mit Mühe und Not schaffte ich es, den versammelten Lehrern nicht als tobende Furie in Erinnerung zu bleiben. Eine Minute länger, und ich wäre ausgeflippt. Mir wurde schwarz vor Augen, so wütend war ich. Natürlich fühlte ich mich jetzt noch schlechter als zuvor.

Ich kehrte ins Klassenzimmer zurück. Die Lichter brannten, obwohl kein Mensch da war. Wenn man eine Arbeit, die eigentlich für mehrere Leute vorgesehen ist, allein verrichten muss und noch dazu keine Lust hat, ist es nicht verwunderlich, dass man kaum vom Fleck kommt.

Die Strahlen der Nachmittagssonne durchfluteten das Zimmer. Ich fühlte mich immer elender. Widerwillig bewegten sich meine Hände. Zogen Linien, zeichneten Diagramme. Echt wie ein Idiot, dachte ich.

Da öffnete sich plötzlich die Tür, und herein kam sie.

»Was ist?« Meine Stimme zitterte. Weniger weil ich mich freute, dass völlig unerwartet eine Freundin auftauchte, sondern weil ich lange nicht mehr etwas so Schönes erblickt hatte.

Mundwinkel, die nicht von Ironie und Häme verzerrt waren, ein neidloser, gutherziger Mensch, dem meine Eigenwilligkeit kein Dorn im Auge war. In dem Moment, als sie schwungvoll ins Zimmer trat, sah sie wirklich schön aus. Die flinken Bewegungen ihres in der Uniform noch schmaler wirkenden

Körpers, ihre grazilen Arme, die freundlich blickenden großen, braunen Augen – hinreißend schön.

»Ich hab in der Bibliothek was gesucht und dachte, du wärst vielleicht noch da«, sagte sie mit ihrer hohen, hellen Stimme. »Was machst du hier, so mutterseelenallein?«

Ich wollte es ihr erklären, aber unwillkürlich füllten sich meine Augen mit Tränen.

»Ich helfe dir«, sagte sie und begann schon mit der Arbeit.

Ich an ihrer Stelle hätte sicher gefragt, was los sei, und das Elend auf diese Weise noch verstärkt. Hätte mitgefühlt und mitgeweint und den ganzen Mist noch einmal hochkommen lassen. Sie aber fragte nicht, begann einfach wortlos zu arbeiten.

Wenn ich es mir überlege, zeigte sich jene unbekümmert-frische Art, mit der sie ihrer Krankheit begegnete, schon damals in der Schule. Nicht mehr tun als nötig, aber auch nicht vor den Tatsachen fliehen, sie beschönigen oder verharmlosen. Die Dinge nehmen, wie sie sind, Punkt. Für diese Eigenschaft mit all ihren Stärken und Schwächen gibt es ein treffendes Wort: Edelmut.

Schweigend über das schneeweiße Papier gebeugt, den Maßstab in der Hand, zog sie Linie um Linie. Ihr braunes Haar schimmerte goldfarben im Spätnachmittagslicht. Auch ihre feingliedrigen Finger leuchteten orange. Die Sonnenstrahlen erhellten und wärmten das Klassenzimmer, wie wenn es gerade Mittag wäre.

Auf dem Heimweg, es dunkelte schon, sagte ich nur immer wieder: »Danke. Danke.«

»Jetzt reicht's aber. Ich hab doch nichts getan!«, gab sie jedes Mal mit ärgerlicher Miene zurück und lachte.

Als ich nach Hause ging, traf ich zufällig eine andere Jugendfreundin. Ich erzählte ihr, woher ich kam, und da sagte sie: »Ach wirklich? Ich war gestern auch kurz bei ihr.«

Wir kannten uns schon sehr lange. Von meinem fünften Lebensjahr bis zum Ende der Oberschule hatte sie neben uns gewohnt. Dann zog ich weg. Sie war verheiratet und hochschwanger und bereitete sich jetzt bei ihren Eltern auf die Geburt vor. Es sah aus, als könnte das Kind jeden Moment zur Welt kommen. Ihr Bauch war kugelrund, er schien fast zu platzen.

Ich begleite dich, sagte ich, und so gingen wir in der winterlichen Dämmerung gemächlich nebeneinander her. Mit der gleichen Person durch die gleichen engen Gassen wie damals mit fünf zu gehen war ein komisches Gefühl. Vor allem, wenn ich mir vergegenwärtigte, dass in ihrem Bauch ein kleines Lebewesen heranwuchs, bald bereit, den Sprung in diese Welt zu wagen.

Während wir durch die Nebenstraßen und Seitengässchen schlenderten, kamen mir die Häuser so niedrig und die Wege so schmal vor, als wäre ich in einer Miniaturstadt. Schäfchenwolken überzogen den Himmel, wunderschön changierend zwischen Orange und Rosa.

Unversehens kamen wir auf die bevorstehende Operation zu sprechen. Die Worte wollten uns nicht mehr so leicht über die Lippen. Seltsam, in dieser eigentlich vertrauten Umgebung so nebeneinander herzugehen, dachte ich. Die eine ist weggezogen und arbeitet fern von ihrer Heimat, die andere trägt ein Kind in ihrem Schoß – aber worüber sie jetzt zögernd, stockend, miteinander reden, ist die vielleicht lebensbedrohliche Krankheit einer gemeinsamen Freundin. Ohne dass sich irgendetwas geändert hätte, erschien mir doch alles ein wenig verzerrt oder verrückt.

Früher, als Kinder, waren wir in dieser kleinen Stadt umhergerannt, hatten alle Winkel erkundet. Nicht die kleinsten Dinge oder Veränderungen waren uns verborgen geblieben. Etwas wie Efeu, das sich an einem Zaun emporrankte; eine weiße übelriechende Blume; die Kante einer Steintreppe, wo wieder ein Stück abgebröckelt war und zarter, junger Klee hervorspross… Zum Beweis, dass die Stadt unser Reich war und wir sie kannten wie die eigene Hosen- oder Rocktasche, vergruben wir da und dort kleine Schätze in der Erde und zeichneten sie auf einer Karte ein. Über Zäune und Mauern kletternd, durch Gärten und Hecken kriechend, hatten wir unsere eigenen, geheimen Wege.

Einmal, als wir wieder auf Entdeckungstour gingen, fanden wir ein riesiges offenes Grundstück. Vom abgerissenen Gebäude waren kaum noch Spuren zu erkennen. Im wuchernden Gras leuchteten unzählige kleine weiße Blüten. Der hintere Rand des Grundstücks fiel steil ab, wie ein Kliff. Von da oben konnten wir alles überschauen, erblickten in der Ferne, wo früher das Meer zu sehen war, die Häuser unserer Stadt. Der Wind blies. Es fühlte sich an, als würde er jeden Augenblick den Meeresgeruch zurückbringen. Wir stapften im Gras herum, pflückten Blumen, kletterten auf Mauerreste. So vergnügten wir uns nach Herzenslust, bis sich die Dämmerung über die Landschaft legte und die Häuser in gleißendem Abendlicht erstrahlten.

Dass an ebendiesem Ort ein Krankenhaus gebaut und viele Jahre später eine andere Schulfreundin, die mir sehr viel bedeutete, in dem Krankenhaus auf ihre Operation warten würde – was für ein unerklärlicher, merkwürdiger Zufall!

Genau wie damals schien die Abendsonne auf die Stadt und tauchte sie in ein Meer von Licht. War ich verrückt geworden? Mir war, als wüsste ich auf einmal nicht mehr, wie alt und wo ich zu Hause war. Als wandelte ich durch eine Traumlandschaft. Es war weder ein guter noch ein schlechter Traum; nur das Gefühl, von der Wirklichkeit weit entfernt zu sein. Während wir durch diese Miniaturwelt gingen, war ich plötzlich ein Riese geworden, der von weit, weit oben auf unser winzig kleines Leben mit seinen tausend Überraschungen herabschaute und alles sehen konnte, von der Vergangenheit bis in die Gegenwart.

Was ich sah, war keineswegs übel. Der heitere Anblick überraschte mich fast, und ein Gefühl tiefer Verbundenheit erfüllte mich.

Die Wahrheit des Herzens

Ich konnte überhaupt nicht schlafen. Kaum war ich eingeschlummert, schreckte ich wieder hoch. So ging es fort bis zum Morgengrauen. Wie hypnotisiert starrte ich zum Fenster, das hell und heller wurde.

Komm, schlaf jetzt! Wie sehr ich mich bemühte – das weiche Licht, das durch die orangefarbenen Vorhänge fiel, breitete sich ungeniert im Zimmer aus. Unmöglich, so zu schlafen. Ich öffnete das Fenster. Ein eisiger Windstoß begrüßte mich und verscheuchte die stickige Luft im Zimmer. Mein Verlangen nach Schlaf hatte keine Chance, ein neuer Wintertag war angebrochen. Ich gab auf und kochte mir einen Kaffee. Hellwach und übermüdet zugleich nippte ich an der Tasse.

Auf dem Tisch lag dieser Brief.

Wie oft ich ihn auch las, es stand immer das Gleiche drin. Dass es einmal so kommen würde, wusste ich ja, aber doch nicht jetzt… Wieder ging mir dieser Gedanke, den wohl alle Menschen zur

Genüge kennen, durch den Kopf. Und wieder flüsterte ich diesen einen Satz, den ich schon die ganze letzte Nacht hindurch x-tausend Mal vor mich hingeflüstert hatte.

»Stell dir vor, zehn Jahre! Und was machst du jetzt?«

Was sollte ich machen. Ein Angsthase wie ich, der bei jeder noch so kleinen Gefahr wie Espenlaub zu zittern begann, schüchtern lächelte und so schnell wie möglich das Weite suchte.

Sehr geehrte Dame,
wie Sie bestimmt wissen, arbeitet in Ihrer
Firma für Grafikdesign eine Person namens
Nakamoto. Sie hat eine jüngere Schwester,
mit der ich befreundet bin. Durch sie habe
ich zufällig von Ihnen erfahren. Ihr junges
Alter hat mich überrascht, auch wie lange
Sie schon mit meinem Mann verkehren. Na-
türlich zerbreche ich mir jetzt den Kopf da-
rüber, wie es weitergehen soll, aber das tut
nichts zur Sache. Ich schreibe Ihnen nur,
damit Sie Bescheid wissen. Nach so langer
Zeit dürfte es Ihnen schwerfallen, sich von
einem Tag auf den andern zu trennen, und
was unsere Beziehung betrifft: Die ist so
weit in Ordnung, weshalb ich ehrlich gesagt

nicht an eine Trennung denke. Sie müssen
eine anständige Person sein, das spüre ich,
obwohl wir uns noch nie getroffen haben.
Bedenken auch Sie bitte die neue Situation.
Ich hoffe, wir finden trotz Zorn, Tränen
und Verzweiflung die nötige Ruhe und
Gelassenheit zum Nachdenken.
    Nobuko Hada

Ein Brief ohne offensichtliche Bosheiten, aus dem
vor allem Bestürzung sprach. Bestürzt war ich
selber auch, aber obwohl es uns beiden genau gleich
erging, würden wir uns gegenseitig nicht helfen
können. Traurig. Und diese tiefe, tiefe Überzeu-
gung, ihr Eheschicksal akzeptieren zu müssen…
Über lange Jahre hinweg war sie wohl in ihrem
Herzen gewachsen, und nun stand sie da, uner-
schütterlich wie eine Festung, und würde sich nicht
mehr zerstören lassen. Auch das las ich aus dem
Brief.

Wie sollte es weitergehen? Gedankenverloren
schaute ich in den Himmel. Kein Anruf von Hada.
Ich versuchte, ihn zu erreichen, aber an Samstagen
war sein Handy nie eingeschaltet. Wusste er womöglich gar nichts von dem Brief?

Ich hatte niemandem von dieser Liebesbeziehung
erzählt. Nicht einmal meinen besten Freunden und

meinen Geschwistern. Hätte ich gesagt, dass ich jemanden liebe, wir uns aber nur sporadisch sehen würden, hätten alle, die meinen unbeschwerten Charakter kennen, verständnisvoll genickt. In Wahrheit bin ich aber gar nicht locker und unbeschwert, sondern überaus leidenschaftlich. Nur hatte ich das Glück, bisher immer voll auf meine Rechnung gekommen zu sein.

Es ist wohl kein Zufall, dass das unvermeidliche Schicksal gerade jetzt zugeschlagen hat, dachte ich. Letzten Monat waren Nakamoto und ich zusammen was trinken gegangen und auf ein intimes Thema zu sprechen gekommen. Es ging darum, wann wir unsere Jungfräulichkeit verloren hatten. Als ich sagte, in der Mittelschule, rief sie überrascht: Was, so früh?! Und als ich, schon reichlich beschwipst, hinzufügte: Ich bin noch immer mit dem gleichen Mann zusammen, er war schließlich meine erste Liebe, blickte sie mich noch ungläubiger an. Ihre Art, wenn sie nicht mehr aus dem Staunen kam, mochte ich über alles: Wie sie die Augen aufriss, Dinge, die sie in der Hand hielt, fallen ließ, wie sie ihre Brauen runzelte und ein Gesicht machte, als würde sie an meinem Verstand zweifeln. Weil ich das so lustig fand, schmückte ich die Geschichte von mir und Hada extra ein wenig aus. Dass daraus so bald eine ganz andere Geschichte werden würde… Wie rätselhaft sind doch die Fügungen des Schicksals, dachte ich verwundert.

Es war, als strömte der Brief einen Geruch aus. Einen Geruch nach Blumen, süß und schwer. Keine Chance, dagegen hab ich keine Chance. Ich will nicht auf Teufel komm raus kämpfen. Aber warum fühle ich mich so bedroht, wenn ich doch nur meinen kleinen Spaß haben und daran auch gar nichts ändern will? Klammere ich mich jetzt so trotzig an ihn, weil ich unter keinen Umständen als Verliererin dastehen möchte? Oder liebe ich ihn jetzt plötzlich so sehr, dass ich unbedingt heiraten will?

Ich warf mir den Mantel über, packte meine Tasche und verließ die Wohnung. Helles, wohltuendes Nachmittagslicht empfing mich. Die Luft frisch, der winterliche Himmel blassblau und weit. Auf der Straße keine Menschenseele. Eine gespenstische Ruhe, als stünde die Zeit still. Hin und wieder drangen leise, gedämpfte Stimmen aus dem Innern der Wohnhäuser. Bleich mein Schatten, süßlich-zart die Farben der Wolken. Geblendet von der Schönheit der Szenerie kniff ich meine Augen zusammen und ging aufs Geratewohl los.

Halb benommen, wie ich war, zog es mich unter die Leute, in jenes kleine schicke, etwas versteckt liegende Kaufhaus, wo im Untergeschoss vor kurzem ein neues Café eröffnet worden war und wo es diesen köstlichen Schwarztee gab, mit süßen, duftenden Blütenblättern. Ein Zaubertrank wird mich davor bewahren, dass der Brief mich noch ganz verschlingt, dachte ich hoffnungsvoll und ging zielstrebig weiter. Wie stets am Samstagnachmittag herrschte ein fürchterliches Gedränge. Ohne sich beirren zu lassen, schlenderten die Leute gemächlich durch die Einkaufspassagen. Liebespärchen, ganze Gruppen von Frauen, Familien, jung und alt. Das Leben pulsierte. Mir, die ich kaum geschlafen hatte und zudem schon recht weit gelaufen war, erschien die Bilderflut wie ein noch nicht entwickelter Film: die um Kunden buhlenden Verkäufer vom Elektroshop, die grell-bunte Leuchtreklame der Karaokebar, der Stand mit dem Grünteesofteis, der Laden für Gemüsepickles … Auch Touristen gab es. Vor den großen Kaufhäusern wimmelte es von Wartenden. In den Schaufenstern teure ausländische Markenartikel, die überhaupt nicht zu dieser asiatischen Dorffestatmosphäre passten. Doch seltsam, das Getümmel erweckte den Eindruck, als befände sich die Menge in einem einzigen Glücksrausch. Wie lebensfroh die Menschen doch sind!, ging es mir durch Kopf – ein Gedanke, der mir sonst nicht allzu oft kam. Alle wollten das Leben

genießen, bummelten im goldgelben Nachmittagslicht durch die Straßen und Gassen, trieben mit im
unaufhörlichen Menschenstrom.

Auch ich trieb in diesem Strom, kam von irgendwoher, ging irgendwohin. Wohin?

Am liebsten würde ich bei der nächsten Kreuzung sterben, dachte ich. Verkehrsunfall. Was jetzt
auf mich zukommt, ist so mühsam… Was wollte
ich denn überhaupt? Einfach nur jeden Tag hinter
mich bringen. Um ihn am Freitag zu sehen, meine
einzige Freude. Was für ein jämmerliches Leben.
Liebe und Sex waren wichtig für mich, obwohl
sie de facto nur in sehr begrenztem Maße statt-
fanden. Wenn sie jetzt ganz aus meinem Leben
verschwanden, was dann? Aus tiefstem Herzen
wünschte ich mir mein ruhiges, friedliches Leben
zurück, das mir bis vorgestern vergönnt gewesen
war. Was sollte ich tun? Ihn nächste Woche treffen
wie immer? Als wäre nichts geschehen? Auch
eine Möglichkeit.

Die vibrierende Energie dieser Stadt, die gutge-
launten Gesichter von Menschen, die alle ein Ziel
hatten, die Kakophonie verschiedenster Töne und
Geräusche – ich fühlte mich geradezu überwältigt.

War das eine schöne Zeit… Was hab ich doch
alles erlebt… Trauer erfüllte mein Herz. In der Mittelschule, da hat er mich jeden Tag angerufen…

Und einmal zeigte er mir das Foto seiner verstorbenen Mutter. Nur ein einziges Foto, aufgenommen an ihrem Krankenbett. Er als Mittelschüler, mit einem süßen Jungengesicht, neben ihm seine Mutter, die mir zum Verwechseln ähnlich sah. An jenem Tag hatten wir uns beim Kaufhaus hier weiter vorne verabredet und gingen danach in ein schummriges Café, das heute nicht mehr existiert. Während wir heißen süßen Chai tranken, zeigte er mir das Foto. Draußen die Einkaufspassage. Endlos strömten die Menschen vor dem Fenster vorbei. Mit Mänteln und Handschuhen, bunt wie Blumen. Die Wolken am Himmel sahen nach Schnee aus.

Ich verliebte mich in ihn, weil ich den Grund mochte, warum er sich in mich verliebt hatte. So passierte es, wir schliefen miteinander. Es begann zu schneien. Als ich sagte: »Und wenn ich den letzten Zug verpasse?«, antwortete er: »Dann montier ich eben die Schneeketten und fahr dich nach Hause.«

Von da an waren wir zusammen, hatten all die Jahre hindurch eine friedliche, entspannte Beziehung. Dass eines Tages damit Schluss sein würde, ahnte ich, aber so aus heiterem Himmel … Nie wieder wird mich jene Hand berühren, nie wieder werde ich jene Stimme hören. Und jenes Liebesspiel. Nie wieder wird es mich zum Höhepunkt der Lust tragen, obwohl es doch unser beider Werk war. Auch unser Ritual, einen Ort zum Essen auszusuchen – mit einem anderen Mann würde es nie mehr so sein. Heute Rindscurry. Heute Reisomelett. Heute Kroketten. Wir aßen fast nur Westliches. Da ich als Teenager reichlich Appetit hatte und Hotelzimmer nicht billig waren, schlug ich vor, am Essen zu sparen. Manchmal aßen wir auch Udon, seine Lieblingsnudeln. Wir gingen zusammen was trinken, oder ich brachte einen Imbiss mit, den ich selber zubereitet hatte. Mit OktopusWürstchen, hübsch arrangiert. Wenn ich mit ihm war, vergaß ich alles um mich herum. Über den Alltag sprachen wir so gut wie nie. Es drehte sich alles nur darum, ob das Essen schmeckt oder nicht schmeckt oder um unsere Lebensanschauungen. Wir stritten uns nie, deshalb weiß ich nicht, wie er mit zornigem Gesicht aussieht. Wie schade! War er vielleicht wegen seiner unausgelebten Mutterliebe so sanftmütig? Wenn wir uns verabredet hatten, wirkte er von weitem manchmal müde oder schlecht gelaunt. Doch sobald ich ihm entgegenrannte, entspannte sich sein Gesicht, und er begann zu lächeln.

Lauter schöne Erinnerungen stiegen in mir auf. Als es vor meinen Augen dunkler und dunkler wurde, war ich endlich da. Mit der Rolltreppe ins

Untergeschoss. Die Beleuchtung des neuen Cafés war so grell, glitzerte und funkelte so verschwenderisch, dass man sich wie in einer vergoldeten Märchenwelt fühlte. Oder wie in einer dreidimensionalen Computergrafik, in der jede Farbe schriller sein wollte als die andere. Am Eingang war eine Torte ausgestellt, üppig verziert mit schillernden Beeren. Heidelbeeren, Himbeeren, Erdbeeren... Es sah aus wie eine künstliche Kreation. Ich setzte mich an ein kleines Tischchen in der Ecke und bestellte ein Stück von dem Kuchen. Dazu jenen süßen, nach Blumen duftenden Tee. Das Lokal war rappelvoll. Im grellen Licht wirkten die Kleider der Gäste viel zu bunt. All die Farben empfand ich in meinem Zustand fast wie einen körperlichen Schmerz. Die süße Torte, der heiße Tee waren eine Wohltat. Ach so!, ging es mir plötzlich auf. In den letzten zwei Tagen hatte ich so gut wie nichts gegessen, hatte nur wie betäubt herumgelegen. Jetzt wusste ich, warum mir die Welt je länger desto komischer erschien. Mein leerer Magen.

Ich schloss die Augen.

Spürte, wie sich langsam, tief in mir drin, die Lebensgeister regten. Wie das Blut in Bewegung geriet und wieder begann, den Körper mit Energie zu versorgen.

Ich döste ein, nur einen kurzen Augenblick.

Dabei hatte ich eine Art Traum.

Ich befand mich mit jemandem in einem Zimmer. Ich wusste nicht, wer diese Person war, aber es war ein Mann. Beide waren wir nervös, natürlich, wir sahen uns zum ersten Mal. Wie und wann würden wir uns wiedersehen können? Verzweifelt redeten wir aufeinander ein. Ich konnte sein Gesicht nicht deutlich erkennen. Es blieb uns keine Zeit mehr. Wie ein trotziges Kind stampfte ich mit den Füßen auf den Boden und brach vor Panik fast in Tränen aus. Die Adresse! Die Adresse! schrie ich, streckte ihm meine Visitenkarte hin und riss mich von seiner Hand los. Wie Aschenputtel.

Die Szene wechselte, ich war jetzt in der Firma. Ob er sich meldet?, fragte ich mich, und tatsächlich kam in diesem Moment ein Motorradkurier mit einer Nachricht für mich. Von jenem Mann. Als ich den Umschlag öffnete, war kein Brief darin, nur ein Notizheft. Ein schmales, längliches, mit einem robusten Einband. Ich öffnete es, blätterte. Eine Art Sammelalbum, ohne handschriftliche Notizen, dafür mit sorgfältig eingeklebten Karten von Filmen und Veranstaltungen, die er besucht hatte, sowie Zeitungsartikel zu allerlei Themen. Aha, er interessiert sich für Mexiko? Sogar Geld war eingeklebt, das heißt, er musste tatsächlich einmal in Mexiko gewesen sein! Es gab auch einen Artikel über Organtransplantation, weiter hinten das aus einer Zeitschrift ausgeschnittene Foto einer sich räkelnden Schönheit. Durfte ich mir das alles überhaupt angucken? Eine Postkarte von einer Frau. Ach so, vielleicht war er verheiratet? Dann gehörte er also auch zu denen, die ihre Frauen betrügen... Nein danke, dachte ich, ohne mich. In dem Moment entdeckte ich auf der letzten Seite etwas von Hand Hingekritzeltes. Da war der genaue Ablauf der vergangenen drei Tage notiert, vom Aufstehen bis zum Schlafengehen, was er jeweils gemacht hatte, wohin er gegangen war, in welche Läden und Restaurants, wen er getroffen hatte, wann er nach Hause zurückkam, wie lange er schlief und so weiter. Ein hastig angefertigtes Protokoll, ohne jeglichen Kommentar. Keine Frage, er lebt allein, dachte ich und war so erleichtert, dass mir die Tränen kamen. Wahrscheinlich hatte er gleich nach unserer Begegnung das Notizbuch um diesen Teil ergänzt, bevor er es losschickte.

Auf diese Weise hoffe er, mich wiederzufinden und ein unzertrennliches Band zu knüpfen zwischen mir und ihm. Dafür tu ich alles, ich offenbare dir mein ganzes Leben, ich warte auf ein Zeichen von dir – solch eine Botschaft schien in dem Notizbuch versteckt zu sein. Ich bin nicht verheiratet, ich habe nichts zu verbergen, vertrau mir, stand da geschrieben, wenn auch nicht in Worten. Was soll ich tun … Oh, ich bin so glücklich! Ruf ihn an … Du darfst, jederzeit bei ihm.

Ich zuckte zusammen, öffnete die Augen. Warum ich diesen Traum hatte, wusste ich nicht. Die Eindrücke und Gefühle waren noch immer ganz lebendig.

Peinlich berührt tat ich so, als hätte ich nur die Augen zugemacht.

Aber wozu denn. Jeder lebte in seiner eigenen Welt, die adrett gekleideten Kellnerinnen und Kellner arbeiteten fleißig und scherzten nebenbei mit den Gästen, und ich selbst war genauso ein Teil der Szenerie hier wie die mich umgebenden Leute mit ihren hübschen Gesichtern und anmutigen Bewegungen. Wie sie alle unbeschwert plauderten und lachten!

Meine Müdigkeit war auf einmal wie weggeblasen.

Ich fühlte mich viel besser, als wäre ich endlich aus einem langen, quälenden Traum erwacht.

Ach, jetzt ahnte ich es. All diese Dinge hatten mir viel mehr zu schaffen gemacht, hatten mich viel mehr verletzt, als ich mir eingestehen wollte. Dass ich ihn trotz des Vorgefallenen nicht erreichen konnte, dass er mir nie etwas vom Leben mit seiner

Familie erzählen wollte, dass ich an jenem Sonntagabend, als in der Nachbarwohnung eingebrochen wurde, allein war und vor Angst nicht schlafen konnte…

In meinem Traum war mir gerade eine neue Liebe erschienen – daran zweifelte ich keinen Augenblick.

Der Duft einer verheißungsvollen Liebe, süß wie dieser Tee, Balsam für meine Seele… Wie es in Wirklichkeit werden würde, kümmerte mich nicht. Dieser Traum hatte mich wachgerüttelt, mir wieder neue Lebenskraft geschenkt. Frischer Wind, frische Perspektiven – die Essenz all dessen, was jetzt wichtig war für mich, war in diesem seltsamen Traum enthalten, der wie ein Lichtblitz die Nacht erhellte.

Ich hatte Lust auf eine neue Liebe. Mit jemandem, der nicht verheiratet ist. Der wirklich für mich da ist.

Allein dass mir das bewusst wurde, war ein Glück.

Wird es tatsächlich eine neue Liebe geben? Oder wird es mit Hada weitergehen, werden wir zu streiten und zanken beginnen und uns quälen bis zum bitteren Ende? Beides konnte ich mir vorstellen. Ein unangenehmes, aufsässiges Geschöpf zu werden oder einfach zu verschwinden, wie schmelzender Schnee.

Wie wichtig ist es doch zu wissen, welche Gefühle man tief in seinem Herzen erstickt und begraben hat, sinnierte ich, während eine Gabel voll Tortenfrüchten auf meiner Zunge zerging. Sauer waren sie, so intensiv im Geschmack, wie nur etwas schmecken konnte, was noch lebte.

Blumen und Sturm

Glück. Wenn ich das Wort höre, erscheint vor meinen Augen stets das gleiche Bild.

Ein wolkenloser Himmel, in der Ferne ein Hotel, in dem wir, eine fünfköpfige Reisegruppe, abgestiegen sind. Ich kann die Veranden unserer Zimmer sehen. Weit hinter mir, auf einer Anhöhe, ragen die mächtigen Säulen einer Tempelruine empor.

Ein kräftiger Wind blies. Verschwitzt und verstaubt waren wir auf dem Rückweg ins Hotel, wo wir erst einmal duschen wollten. Am Abend würden wir alle zusammen ausgehen, in einem kleinen, gemütlichen Restaurant Wein trinken und etwas essen.

Die Nachmittagssonne neigte sich allmählich gen Westen, verlieh der Landschaft einen goldenen Glanz. Mir und meinen vergnügt schwatzenden, fotografierenden Gefährtinnen ein wenig voraus ging ein alter Kollege von mir mit seiner Freundin. Sie schienen in ein angeregtes Gespräch vertieft.

Links und rechts des Wegs standen die Blumen in voller Blüte. Ein gelbes Meer mit ein paar rosaroten und weißen Tupfern drin. Die knorrigen Äste der Olivenbäume waren dicht mit silbrig-grün schimmernden Blättern belaubt. Von Licht überflutet, schenkten die Bäume und Blumen dem Himmel ihre ganze Farbenpracht.

Das Liebespaar verschwand manchmal fast ganz in den hochgewachsenen Blumen, um wenig später plötzlich wieder aufzutauchen aus dem wogenden Meer.

Ist hier nicht das Paradies?, dachte ich inmitten dieses betäubenden Farbenrausches.

Sizilien ist voller Diebe, am besten, du ziehst deine letzten Klamotten an. Und ja keine Tasche! Eine Tüte aus dem Supermarkt tut es vollkommen, selbst so wirst du vielleicht beklaut werden … Mit derartigen Ankündigungen stieg ich verängstigt ins Flugzeug Richtung Sizilien. Kaum waren wir gelandet, hängte ich mir meine Tasche schräg über die Brust und nahm den Fingerring ab.

Aber irgendetwas war anders, als ich es erwartet hatte.

Im Vergleich zu Rom, wo ich einmal gewesen war, erschien mir alles viel offener und wärmer. Kräftig und sanft zugleich war das Licht, das sich über die Landschaft ergoss. Die Berge am Horizont leuchteten orange, und auch das Leben der

Menschen erstrahlte in zarten, verführerischen Farben. Auf der Straße war die Hölle los. Die Autofahrer hupten um die Wette, in der Hoffnung, so schneller nach Hause zu kommen. Trotzdem hatte das Chaos etwas Liebeswürdiges, Charmantes. Das Leben war durchdrungen vom Segen der Erde, von der Kraft des Sonnenlichts. Immer stärker fühlte ich: So wie die Menschen diesen Ort liebten, liebte der Ort seine Menschen. Eine Atmosphäre, als feierten die Vermählten ausgelassen ihren märchenhaften, ewig währenden Honigmond.

Von Dieben keine Spur, und der Himmel zeigte uns stets sein unvergleichliches Blau. Sogar in der Nacht leuchtete der Himmel, ein dunkles, vibrierendes Indigoblau, wie man es auf den Gemälden jener großen Maler bewundern kann, die von Europas Süden geradezu bezaubert gewesen waren. Auch ich verliebte mich in diesen Flecken Erde. Wenn es dämmerte, wurden mit der Farbe des Himmels auch die Herzen der Menschen milde. Tag für Tag, in aller Selbstverständlichkeit, kündigte die Natur ihr großartiges Schauspiel an und verwöhnte in verschwenderischer Laune die Menschen mit einem prächtigen Feuerwerk aus Farbe und Licht. Ob arm oder reich, alt oder jung – die Natur vereinte die Herzen aller Menschen, schenkte ihnen ihr tägliches Glück, schenkte ihnen auch den köstlichen Wein, mit dem die langen Abende ihren Anfang nahmen … Am liebsten wäre ich ewig in dieser beglückenden Welt geblieben.

Auf der Hauptstraße von Taormina, einem Städtchen steil am Felshang, wimmelte es von Touristen. An einem frühen Abend – wir hatten uns für ein paar Stunden getrennt, damit jeder ungestört seiner Einkaufslust frönen konnte – fanden wir uns alle wie durch Zufall in einer Boutique am Ende der Hauptstraße wieder, wo es edle Seifen, Kosmetika und Parfüms zu kaufen gab. Es war, als tauchte man in eine Wolke von Pastelltönen: rosarote, hellblaue, goldfarbene Seifen mit Blütenblättern oder Früchten drin, und nicht zuletzt der lavendelfarbige Pullover der Boutiquebesitzerin, einer zuvorkommenden, freundlichen Frau.

In einem Regal stand fein säuberlich aufgereiht die ganze Kollektion einer berühmten Parfümmarke. Das Design der Flakons erinnerte an antike Vasen und hatte sich seit Urzeiten nie geändert. All diese Duftwässerchen hatte ich einmal in einem schicken Kaufhaus in Tōkyō ausprobiert. Natürlich rochen sie alle sehr gut, aber meine Sinne waren damals, dem Ort entsprechend, nicht so wach wie jetzt, deshalb war es mir damals unmöglich gewesen, die Düfte genau voneinander zu unterscheiden.

Mein Kollege schwankte zwischen zwei Parfüms,

er wusste beim besten Willen nicht, welches er lieber mochte.

Wir alle, auch seine Freundin sowie Madame, scharten uns um ihn, schnüffelten wieder und wieder an seinem Arm und gaben uns die größte Mühe, herauszufinden, welcher Duft am besten zu ihm passen würde. Wir hatten es nicht eilig. Munter wie Quellwasser floss die Zeit dahin.

»Unmöglich, sich zu entscheiden!«, sagte eine nach der anderen. In Tōkyō hätte es nie so engagiert und vieldeutig geklungen.

»Überlegen Sie in Ruhe, und kommen Sie morgen noch einmal vorbei.«

Erleichtert folgten wir dem Rat von Madame, die offenbar nicht nur ihren Tagesumsatz im Kopf hatte, und gingen essen.

Am nächsten Morgen standen wir wieder in der Boutique, konnten uns aber immer noch nicht für ein Parfüm entscheiden.

»Wie wär's mit einem Spaziergang? Wenn man sich bewegt, verändert sich nämlich auch der Duft. Sie werden sehen«, sagte Madame und winkte uns zum zweiten Mal hinterher.

»So ein Leben möchte ich haben!« Mein Kollege war begeistert. Nicht nur er. Wir alle waren ja im normalen Leben ziemlich beschäftigt. Kein Wunder, dass wir alle gleich fühlten und seine Worte genossen wie kühles Wasser, das durch trockene Kehlen rinnt.

»Man möchte ein Parfüm und hat die Qual der Wahl, also macht man einen Spaziergang, geht wieder zurück, findet endlich das Richtige, und am Ende des Tages ist man glücklich und zufrieden. Was für ein Leben!«

Am Abend, nachdem wir bis zur Erschöpfung am Strand herumgetollt waren und das Meer genossen hatten, konnte er sich endlich entscheiden.

Der erfrischende, fruchtige Duft des Parfüms ist mir noch jetzt gegenwärtig.

Kurz nach unserer Rückkehr starb seine Mutter.

Früher war ich einmal bei ihm zu Hause gewesen. Seine Mutter hatte für uns gekocht. Sie lachte viel, ganz ungezwungen. Es war, als ginge von ihr ein strahlendes Licht aus.

Einige Zeit davor, genau an dem Abend, als ich ihm bei einer Party zum ersten Mal begegnete, erlitt seine Mutter ihren ersten Herzanfall. Wir hatten uns noch nie gesehen, ich fühlte mich gehemmt und sprach nur wenig, aber ich wünschte mir damals, ihn näher kennenzulernen. Da kam der Anruf mit der Schreckensnachricht. Natürlich waren alle Anwesenden traurig, versuchten zu trösten, einige begleiteten ihn sogar zum Flughafen, wo er den nächsten Flieger nach Hause nahm. Dieses Vorspiel war der Beginn einer langen Freundschaft.

Als seine Mutter starb, fiel es denjenigen, die wussten, wie sehr er seine Mutter liebte, nicht leicht, etwas zu sagen. Für den Verlust eines geliebten Menschen gibt es keine Worte. Liebe und Trauer sind heilige Dinge, unantastbar. Wer jemals diese Erfahrung gemacht hat, weiß, wovon ich rede.

Meinen Telefonanruf nahm er in merkwürdig heiterer Verfassung entgegen.

Wenn sie wirklich etwas verlieren, reagieren die Menschen oft so. Erst nach und nach dringt die Trauer langsam, aber mit furchtbarer Gewalt in den Alltag ein. Das zu wissen ändert nichts. Selbst als Freund kann man nur hilflos zuschauen.

»Weine viel, iss viel, schlaf viel«, sagte ich. »Und hab Geduld. So vergeht die Zeit am besten.«

»Ich werde es versuchen«, antwortete er. »Viel weinen, essen, schlafen – und das Parfüm nicht vergessen!«

Darauf lachten wir beide, gequält.

Das nächste Mal sahen wir uns in der grimmig kalten Toskana wieder. Fast alle von der früheren Gruppe waren mit dabei.

Eines Nachts überraschte uns ein heftiges Gewitter.

Ich war aufgewacht, ein trommelndes Geräusch hatte mich aus dem Schlaf gerissen. Vor dem Fenster zuckten Lichtblitze, Hagelkörner fielen prasselnd zur Erde. Der Sturmwind wütete und tobte, riss Ziegel von den Dächern, stieß Blumentöpfe zu Boden. Ratlos schauten ich und meine Zimmergenossin dem Spektakel zu. Das Licht ging nicht an, durch das Fenster drang immer mehr Wasser. Schon bildeten sich Pfützen am Boden.

Leise schlichen wir zu meinem Kollegen mit seiner Freundin, um zu schauen, wie es bei ihnen aussah. Natürlich waren auch sie hellwach. Wir versammelten uns alle in einem Zimmer und zündeten eine Kerze an. Was sollten wir tun? Morgen werden wir kaum weiterfahren können, und überhaupt, was, wenn noch mehr Wasser ins Zimmer dringt? O nein, der Elektroofen geht auch nicht mehr, brrr, diese Kälte! Will jemand Taschenwärmer? Aber eigentlich ist es doch ganz gemütlich hier, oder nicht?… Fast vergnügt kommentierten wir die Lage, versuchten uns bei Laune zu halten. Da plötzlich bemerkte ich ihn, sah, wie er etwas erhöht und ganz für sich allein mitten im Zimmer saß.

Erhellt von den Blitzen und vom flackernden Schein des Kerzenlichts, glaubte ich zuerst, dort säße ein kleiner Junge.

Doch als ich genauer hinschaute, war es ein aus dem Schlaf gerüttelter, schläfriger, von liebenden Menschen umgebener, längst erwachsen gewordener Mann. Er wirkte hilflos und verloren.

In dem Augenblick wurde es mir zum ersten Mal bewusst. Wirklich, wirklich bewusst.

Dieses Menschenkind hat keine Mutter mehr.

Ich fühlte es im tiefsten Grund meines Herzens. Fast wollten mir Tränen kommen, aber dann dachte ich, nein, das ist nicht gut, und sprach ihn ganz ruhig an. Er lächelte, und wir kehrten zurück in das nächtliche, ausgelassene Geplauder und Getuschel. Um uns wütete der Sturm, aber wir waren guter Dinge. Lasst uns schlafen gehen. Was können wir denn sonst tun? Alle lachten.

Morgen ist ein neuer Tag, sagten wir uns, es wird schon irgendwie weitergehen.

Papas Spezialität

Auf dem Flur kommt mir Frau Takahashi entgegen. Sie trägt eine rote Strickjacke. Ich gerate fast in Panik, es fühlt sich an, als ließen sich meine Hände und Füße nicht mehr im richtigen Rhythmus bewegen. Und mein Stirnhaar, viel zu weit zurückgesteckt... Wie hässlich! Das Kompliment einer jüngeren Arbeitskollegin hat dich wieder mal blind gemacht, blitzt es mir durch den Kopf. Ich werde bleich und bleicher.

Takahashi ist in Begleitung einer fremden Person. Als wir aneinander vorbeigehen, würdigt sie mich keines Blickes. Ich kann es kaum fassen. Angeregt reden sie über irgendetwas. Ein einziger Satz bleibt mir im Ohr hängen: »Diesen Schwangerschaftsgürtel, ab wann trägt man den eigentlich?« Mir wird schwarz vor Augen. Ich gehe zurück ins Büro, knalle meine Unterlagen auf den Tisch. Dann in die Betriebsabteilung, zu Shimizu. »Was ist hier los?!« Ich breche in Tränen aus. Aber er bleibt seltsam ungerührt, zeigt keinerlei Reaktion.

»Sorry, ich kann es nicht ändern, ist doch nichts Neues«, sagt er ausweichend und zieht gequält die Augenbrauen hoch. Dann, vor aller Ohren, erklärt er mir frech: »Wenn eine Frau mir sagt, dass sie mich liebt, kann ich sie nicht gut im Regen stehenlassen, oder? Außerdem will ich mir keinen Zwang auferlegen, so ist das nun mal.« Seine Augen blicken kalt. Ich hämmere auf den Tisch, so dass meine Hände blaue Flecken kriegen. Es beeindruckt ihn nicht. Und ich habe geglaubt, das sei ein Zeichen von Stärke, von Souveränität! Doch in Wahrheit weiß ich es längst. Dass er einfach nur teilnahmslos ist, nur an sich denkt. Einen Menschen zu lieben und den geliebten Menschen nicht verletzen zu wollen sind für ihn zwei verschiedene Dinge. Wann hat's mir denn langsam gedämmert? Ach ja, als ich wegen meines Blinddarms im Krankenhaus lag und er ungeniert kauend und schmatzend ins Zimmer hereinkam. Ein andermal, als ich ihm eröffnete, ich sei vielleicht schwanger, schaute er verstohlen zum Fernseher, in dem gerade das Komikerduo Downtown herumalberte. Und als meine Freundin von einem Kumpel ihres Freundes vergewaltigt worden war, da hat er tatsächlich gesagt: »Ob er in ihrem Dingsbums gekommen ist?« Takahashi, die jetzt ein Kind von ihm erwartet, hätte diese Art sicher nichts ausgemacht. Mir aber schon, mir hat es weh getan... Der Blick wandert zum Fenster, zu meinem großen, geliebten Ginkgobaum im Innenhof des Firmengebäudes. O ja, und wie hat es weh getan... Am Nachmittag müssen noch ein Dutzend Anrufe erledigt werden, wie schaff ich das nur... Ich kann die Tränen nicht mehr zurückhalten.

Huhuuu, schluchzte ich, und in dem Moment wachte ich auf.

Was für ein furchtbarer Traum... Erleichtert tat ich einen tiefen Atemzug.

Aber wo bin ich denn überhaupt?, dachte ich plötzlich. Ich lag in meinem Futon, über mir klares, tiefes Blau, viereckig, in der Form eines Fensters. Totenstille... Draußen ein Baum. Große, schwankende Äste. Ach ja, ich bin in Vaters Berghütte, erinnerte ich mich endlich wieder. Tränen füllten meine Augen, mein Körper war wie gelähmt. So mutig wäre ich nie gewesen. Ich hatte nur Probleme mit dem Magen gekriegt und still und leise die Firma verlassen. Nie wieder werde ich unter jenem Ginkgobaum meinen Mittagsimbiss verzehren. Komisch, wie viel mehr als die Leute oder die Arbeit, die mir doch so wichtig schien, ich diesen Ginkgobaum vermisste...

Jedes Mal wenn sich der Baum vor dem Fenster bewegte, bewegte sich auch der riesenhaft verzerrte

Schatten an der Decke. Die Luft war kalt, fast eisig. In der Dunkelheit packte mich die Angst. Sie war wie eine schwarze Katze, lauerte in jeder Ecke des Zimmers, als wartete sie nur darauf, ihre Beute zu verschlingen.

Wie schafft es Papa nur, an so einem Ort zu leben, hatte ich mich anfangs immer wieder gefragt, doch jetzt jagten mir derlei Träume mehr Schrecken ein als die Berge mit ihrer gewaltigen Stille. Das Großstadtleben im Traum erschien mir geradezu surreal, alles, was ich tat, war begleitet von Schuldgefühlen, und im Nacken immer die Angst zu versagen.

Hier begriff ich manches, was ich in meinem alten, friedlichen Zuhause nicht begriffen hatte: Wie groß die Welt ist, und mit welcher Macht die Nacht ihre unendlichen Flügel über die Welt ausbreitet, ein ganz anderes Geschöpf als der Tag – solche Dinge. Als Kind hatte ich mir oft ähnliche Gedanken gemacht. Wie weit die Sterne entfernt sein mögen, zum Beispiel. Aber später, wenn ich wie selbstverständlich bis zum Einbruch der Dunkelheit arbeitete, suchte ich auf dem Weg vom Bahnhof nach Hause nur noch aus Gewohnheit nach diesem oder jenem bekannten Stern am Himmel, und auch der Mond mit seiner sich wandelnden Gestalt erschien mir nur wie Dekoration. Erst seit ich hier bin, ist mir das bewusst geworden und habe ich begonnen, eins nach dem andern wieder neu zu entdecken.

Man sagt, es sei der Traum aller Männer, in einem Häuschen in den Bergen zu wohnen, wenn sie ihr Arbeitsleben hinter sich haben. Aber im Fall meines Vaters war der Anlass nicht ganz so friedlich.

Zwar hatte er die Blockhütte tatsächlich in der Absicht gekauft, nach der Pensionierung zumindest die Wochenenden in der Hütte zu verbringen, aber dann entdeckte Mutter, dass er sie betrog. Mit einer anderen Frau. Daher zog Vater bei uns aus und lebte fortan in seiner Hütte.

Über Vater zu sprechen war in jener Zeit so gut wie tabu. Mutter war wahnsinnig aufgebracht und sprach von Scheidung. Sie hasste ihren Mann, der alles offenließ, aber nach einer Weile schien es sie immer weniger zu kümmern, sie wurde gelassener. So ging die Zeit dahin. Einmal besuchte mein jüngerer Bruder Vater, aber er fand keine Spur von einer Frau. Papa habe ihm gesagt, es sei vorbei, erzählte der Bruder, als er zurückkam. Von da an ließ sich Vater hin und wieder bei uns blicken. Mutter gab ihm je nach Jahreszeit neue Kleider mit, kochte feine Sachen für ihn, war nett und hilfsbereit. Nicht dass sie mehr als das Notwendigste miteinander geredet hätten, dennoch kehrte bei uns ansatzweise wieder eine Atmosphäre zurück, wie wir sie von früher her gewohnt waren. Schon keimte die Hoffnung, die beiden würden sich irgendwann einmal wieder versöhnen, da geschah dieser Vorfall in der Firma, worauf ich meine Arbeit kündigte und zum ersten Mal hierherkam, in Vaters Berghütte.

Nach dem Vorfall muss ich in einer eigenartigen Verfassung gewesen sein. Ich schlief immer. Wenn ich aufwachte, war ich erstaunt, dass es draußen dunkel wurde, und schlief vor Müdigkeit gleich wieder ein. Ich ging nur noch aus dem Zimmer, wenn mich der Hunger quälte. Kein Wunder, dass sich mein Körper anfühlte wie Teig. Wenn man mir etwas sagte, glaubte ich zwar eine anständige Antwort zu geben, doch Mutter meinte, ich sei abwesend und zerstreut. Geh hinaus an die frische Luft, tu etwas!, forderte sie mich auf, aber ich hatte keine Lust, wegzugehen und mein gespartes Geld zu verjubeln. Ich blieb lieber zu Hause. Meine Mutter begann sich ernsthaft Sorgen zu machen, es nahm schon fast neurotische Züge an. Ihr Tick, mich Tag für Tag mit prüfendem Blick zu mustern und meine Gesichtsfarbe zu kommentieren, machte mich wahnsinnig. Da, plötzlich, kam mir Vaters Hütte in den Sinn. Mutter rief Vater an. In einem ungewöhnlich langen Gespräch bat sie ihn darum, mich für eine Weile bei sich aufzunehmen, und zu mir sagte sie listig: »Halt mal die Augen offen, ob da noch jemand ist. Uns Frauen kann man nichts vormachen. Wir haben ein untrügliches Gespür für so was. Und weißt du, Frauen traue ich ohnehin mehr als Männern. Je nachdem überleg ich mirs dann. Also, ich bitte dich.« Das Problem war nur: Wer Vater Gesellschaft leistete – ob Frauen oder Männer oder Bären –, interessierte mich zu jener Zeit herzlich wenig. Ich hatte mit mir selbst zu kämpfen.

Als Vater mich am Bahnhof abholte und ich ihn, der früher Crown und Benz gefahren war, in einem Geländewagen mit Vierradantrieb sitzen sah, musste ich lachen. Ich hatte im Zug nur ein paar Bissen von meiner Lunchbox heruntergebracht und war ziemlich erschöpft. Aber in dem Moment, als ich meinen drahtigen Vater unerwartet aus diesem Ungetüm von Auto steigen sah, verflog die bleierne Schwere. Auf einmal fühlte ich mich wie befreit. Als wären Kopf und Herz leergefegt worden.

Im Auto sah es fast aus wie in seinem Zimmer zu Hause. Das war auch immer so penibel aufgeräumt. Vater hatte es nie gemocht, wenn wir bei ihm spielen wollten.

Vielleicht weil wir uns lange nicht mehr gesehen hatten, sprach er in einem fürsorglichen Ton zu mir, wie zu einem Kind.

»Du arbeitest nicht mehr bei der Firma, hab ich von Mama gehört…«

»Ja…«

»Bleib so lange da, wie du willst. Wenn du allein sein möchtest, kann ich ja nach Hause gehen, okay?«

»Jaja…«

Die Bäume draußen, die Farbe der Äste, die Farbe der Erde. Während wir auf der kurvigen Bergstraße fuhren, blickte ich regungslos in die unbekannte Landschaft hinaus.

»Papa, ist es wirklich in Ordnung, dass ich zu dir komme? Du lebst doch mit einer Frau zusammen«, sagte ich.

»Wegen ihr bin ich weggegangen; was nicht heißt, dass sie immer noch da ist«, sagte Vater. »Um an einem Ort wie diesem hier zu leben, braucht es zwar ein wenig Mumm, aber wenn du dich einmal daran gewöhnt hast, ist es toll.«

»Hm«, sagte ich. Wenn sie weg ist, warum kommt er dann nicht nach Hause zurück? Ob Mutter das gut findet? Hat er vergessen, dass sie auch eine Frau ist? Oder empfindet er vielleicht doch noch tiefe Gefühle für sie? Ich hatte keine

Ahnung. Die beiden erschienen mir wie ein wild-fremdes Ehepaar.

Am Sitz krabbelte eine Raupe. Vor Schreck schrie ich auf.

»Früher hast du die Tierchen doch ohne mit der Wimper zu zucken in die Hand genommen, erinnerst du dich?«, sagte Vater erstaunt, stoppte den Wagen und entfernte die Raupe mit einem Papiertaschentuch.

»Ich staune selbst über mich.«

Wie kommt es, dass meine Sympathie für haariges Kleingetier plötzlich auf null gesunken ist?, dachte ich irritiert. Seit ich das letzte Mal mit Raupen gespielt hatte, war nichts geschehen, nichts war anders geworden. Nur weil mir lange keine mehr über den Weg gelaufen waren, jagten sie mir solch einen Schreck ein! Wie sehr musste in all den Jahren mein Wahrnehmungs- und Empfindungsvermögen gelitten haben, wunderte ich mich wieder und wieder, während ich zum blauen Himmel aufschaute. Als Kind hatte ich in einer Flasche Raupen gesammelt und sie wieder ausgesetzt. Hatte im Gras kniend die auffallend hellen, gelbgrünen Heuschrecken beobachtet, wie sie munter umherhüpften. Hatte – patsch! – sich auf dem Zaun ausruhende Schmetterlinge gefangen, sie in meiner Handhöhle bestaunt und wieder fliegen lassen. Ich tötete die

Kreaturen nur selten. Ich berührte, betrachtete sie. Schaute, wie sich in den glänzenden, durchsichtigen Eiern des Nachtfalters winziges Leben regte. Die Welt war groß und voller Wunder. Warum ließ mich das jetzt alles kalt? Der Himmel war einfach ein Himmel, die Erde einfach nur erdig braun. Der ganze Reichtum, wie er sich in jedem Schmetterlingsflügel mit seinen unzähligen Wirbelmustern offenbarte, war dahin.«

»Papa, es wäre doch schön, wenn wir hier alle zusammen wohnen würden. Mama könnte sich um ihren Garten kümmern und die kleinen Schmarotzer fangen, und nach einem anstrengenden Arbeitstag würden wir tüchtig essen und danach schlafen wie die Murmeltiere. Alle zusammen, mitten in der tiefen, dunklen Nacht.«

Es erschien mir wie ein unerfüllbarer Wunschtraum. Zum Heulen. Warum nur? Warum musste es so sein? Was war denn schiefgegangen? Ich hatte nur eine Erklärung: So wie ich irgendwann meine Sympathie für die Raupen verlor, musste auch unserer Familie Stück für Stück etwas abhandengekommen sein.

Vater sagte nichts. Das Auto rüttelte, unsere Köpfe wurden durchgeschüttelt, meine Gedanken und Gefühle schienen sich in Nichts aufzulösen. Vor dem Auge grün, grün, grün.

Nur dieses eine Bild längst verlorener Verbundenheit hatte sich in meine Seele eingebrannt – so klar und deutlich wie Scheinwerferlicht, das in der Nacht die Straße erhellt. Das Bild einer Familie, die im Schein der Lampe um den Tisch sitzt. Wenn der Fernseher aus ist, hört man nur noch das Geräusch wogender Bäume. Undurchdringliche Finsternis. Der Atem meines schlafenden Bruders. Vaters Schnarchen. Mutters aufgelöstes Haar. Eine Familie, die sich im Dunkeln aneinanderschmiegt…

Das Zusammenleben mit Vater hat es mir gezeigt. Das, was man »Zuhause« nennt, kommt nur durch große Anstrengung und eine gut eingespielte Aufgabenteilung zwischen Mann und Frau zustande.

Am Anfang rissen mich meine schlechten Träume oft aus dem Schlaf, ich war niedergeschlagen, hatte keine Lust auf nichts. Aber es gab ja trotzdem einiges zu tun, und je länger mein Körper all diese Arbeiten verrichtete, desto besser ging es mir, desto seltener wurden die Momente, in denen ich gedankenverloren vor mich hin träumte. Die Anstrengungen des täglichen Lebens belohnten mich mit einem Gefühl der Zufriedenheit. Man sah, was man getan hatte.

Wenn ich am Morgen keine Lust hatte, Vaters verkohltes Toastbrot zu essen, musste ich es halt selber toasten. Dafür stand ich extra früher auf. Wenn es nicht regnete, nahm ich sogar den Weg zur zwei Kilometer entfernten Bäckerei in Kauf, um frischgebackenes Toastbrot zu holen. Die Straße hätte nicht unbedingt asphaltiert sein müssen, aber umso mehr beeindruckte, ja überwältigte mich die Intensität der Farben, die geballte Kraft, mit der Bergblumen und Gräser die Asphaltschicht durchbrachen und sich keck in die Höhe reckten, als wollten sie mir sagen: Wir könnten auch in deinen Bauch eindringen! Manchmal war ich vom Laufen so erschöpft, dass mir alles egal wurde: wie die Leute mich anguckten, was sie von mir dachten, ob sie meine Frisur hübsch fanden oder nicht. Ein nach Atem ringendes Bündel Mensch. Selbst wenn mich jetzt einer in diesem Zustand sähe und mich nicht besonders entzückend fände – was soll's. Ich dachte nur selten an Shimizu. Wenn ich Brot kaufen ging, dachte ich ans Brot, fertig. Eine wunderbare Therapie. Wie viel überschüssige Energie musste damals in mir geschlummert haben! Sonst hätte ich nicht die Muße gehabt, mich mit völlig unnötigen Dingen zu beschäftigen.

Wenn ich zurückkam, machte ich das Essen, briet Eier, toastete Brot, kochte Kaffee. Während Vater und ich frühstückten, schauten wir im Fernsehen, was in der Welt so alles passiert war, danach spülte ich Geschirr und räumte auf.

Vater hackte draußen Holz oder machte sonst etwas. Auch das war neu für mich. Ich hatte ihn lange nicht mehr körperlich arbeiten sehen.

Das einzige Vergnügen war der Einkauf im Supermarkt. Ein Großereignis. Meistens fuhren wir am späten Nachmittag los. Kaum erblickte ich, im strahlenden Licht der Zivilisation, die Regale voller Lebensmittel, sprang ich vor Freude fast in die Luft.

Vorher hatten wir uns den ganzen Tag überlegt, was wir alles kochen könnten. In der Buchhandlung des Supermarktes besorgte ich mir stapelweise Bücher. Ich wollte sie an den langen Abenden lesen, aber die Dunkelheit war so bezwingend, die Sterne so bezaubernd, dass ich nur gebannt in die Nacht hinausschaute und bald einschlief.

»Du strotzt ja vor Energie«, sagte Vater manchmal erstaunt.

Zu Hause sorgte Mutter immer dafür, dass alles sauber und gepflegt war, aber für mich war das Durcheinander – Papas stinkende Socken, Unterhosen mit Bremsspuren, Büschel von Nasenhaaren, dreckige Schuhe und so fort – nicht etwas, was der Ordnung zuliebe möglichst schnell beseitigt werden musste, sondern Ausdruck und Teil der Kraft, mit der das Leben seinen Gang nahm. Ich dachte an den alternden Mann bei mir in der Hütte, an die alternde Frau, die nicht anwesend, aber trotzdem allgegenwärtig war, an ihr gemeinsames Kind, nunmehr eine Frau, die auch bald alt werden würde …

Warum hatte ich mich nur so schwach gefühlt?

Die Natur war nicht immer nur wunderbar. Ich schaute Filme im Fernsehen, konnte auf einer asphaltierten Straße fahren, mir im Supermarkt die neuesten Leckereien besorgen. Dass von einem echten Landleben keine Rede sein konnte, war mir durchaus bewusst. Was hatte mir denn damals gefehlt? Vater nicht. Ein eigenes Leben? Wenn ich an jene Zeit zurückdachte, sah ich nur riesige Köpfe vor mir, Aliens, die selbstvergessen im Nichts umherschwebten. Wie Polypen oder Quallen. Geschlechtslos, lustlos. Ohne sich bewegen zu können, wie sie es wollten.

So schien es mir.

Wie geht es dir, Sanae-chan?
Seit du nicht mehr da bist, ist es langweilig geworden in der Firma. Der Abteilungsleiter hat sich unsere neue Teilzeitangestellte angelacht. Seine Frau ruft jeden Tag an, wir sind alle ganz aufgeregt und gespannt, wie

sich die Sache entwickelt. Über deine Ange-
legenheit ist eine Zeitlang viel getratscht
worden. Dass du aufhörst, wollte zuerst nie-
mand glauben. Wegen so was den Job hin-
zuschmeißen! Wie mimosenhaft!, denken die
Leute jetzt von dir. Und was Takahashi be-
trifft, so ist die Situation ziemlich hart für
sie. Aber das hat sie sich selber eingebrockt.
Mit ihrem dicken Bauch scheint sie für Shi-
mizu nicht mehr so attraktiv zu sein. Na
ja, ansonsten läuft wenig hier. Wie gern
würde ich zum Lunch wieder einmal mit
dir Pizza essen und ein Bier teilen. Eigent-
lich komisch, dass die Firma auch ohne dich
weiterläuft, wenn man bedenkt, wie ver-
rückt du gearbeitet hast. Bei mir hat sich
nichts verändert. Der gleiche Freund, die
gleichen Dates. Die Wochenenden verbrin-
gen wir meistens zusammen. Wie lange das
wohl noch hält? Übrigens hat in der Nach-
barschaft eine neue Kneipe aufgemacht, da
bin ich letztens mal hingegangen, nur so aus
Neugier. War nicht übel, da lernt man Leute
kennen. Lass uns mal hingehen, wenn du
wieder zurück bist. Und wie lebt es sich so
mit Vater zusammen? Ich hoffe, du kannst
in der Natur wieder Energie tanken und

dich gut erholen. Bewege dich viel, genieß
die frische Luft. Bis bald!

Hmm, seltsam… Der Brief machte mich stutzig.
Ich verstand, was da geschrieben stand, im Großen
und Ganzen traf es wohl auch zu, aber irgendetwas
stimmte nicht. War diese Person wirklich meine
engste Vertraute gewesen in der Firma? Nein,
höchstens wie früher eine Schulkollegin, mit der
man sich gut verstand. Nett ist der Brief ja schon,
dachte ich, aber wie weit weg das alles ist! Wahrscheinlich werden wir uns nie wiedersehen. Und
wie es um ihn und Takahashi steht, interessiert
mich sowieso nicht. Wie hab ich mich nur auf diesen
Typ einlassen können… Mich mit ihm verabreden, Arm in Arm umherspazieren, mit ihm schlafen. Gefühle zeigen, ihn anlächeln, wo ich doch
gar nichts für ihn empfand. Warum? Weil ich zu
viel Zeit hatte. Ganz bestimmt. Und das, obwohl
ich ja damals, in jenen hektischen Tagen, viel weniger Zeit hatte als heute. Ich war eben innerlich
nicht ausgefüllt.

An dem Tag, als der Brief meiner früheren Arbeitskollegin kam, hatte es seit langem wieder einmal
geregnet. Nach dem Lesen fühlte ich mich unangenehm berührt und ging den ganzen Tag nicht

mehr aus dem Haus. Schaute nur aus dem Fenster in den Regen. Es war nicht der bittere Nachgeschmack verlorener Liebe. Es war das bedrückende Gefühl, einfach in den Tag hineingelebt zu haben, ohne mir Klarheit über meine Situation zu verschaffen. Wie jemand, der einer neuen Religionsgemeinschaft beitritt, eine Weile lang voller Enthusiasmus mitmacht, und plötzlich ist Schluss. Wenn ich mich wenigstens bis über beide Ohren verliebt hätte und von einem Mann, der mir alles bedeutete, verlassen worden wäre… Wenn die Arbeit mich wenigstens richtig gefordert, mir richtig Spaß gemacht hätte… Aber ich wuselte ja nur geschäftig herum, wirklich beschäftigt konnte man das nicht nennen. Ich schämte mich für mich selbst. Wie kam es nur, dass ich mich jemandem an den Hals warf, den ich gar nicht liebte? Hatte ich nichts Besseres zu tun gehabt? Wie konnte jemand, der schon als gewöhnlicher Mann, geschweige denn als Liebhaber keinen Funken Charme besaß und dem es außerdem an Urteils- und Einfühlungsvermögen fehlte, in meinen Augen so interessant erscheinen? Wenn mich wenigstens die Liebe blind gemacht hätte! Aber dem war nicht so. Ich hatte damals kein Selbstvertrauen, Schuldgefühle bestimmten mein Leben. Wenn jemand daherkam und mir sagte, dass er mich liebe, fühlte ich mich geradezu verpflichtet, ihm dafür dankbar zu sein. Ach, wenn es wirkliche, echte Liebe gewesen wäre! Dann hätte ich wenigstens weinen können, von mir aus bis zum Verrücktwerden. Wie leuchteten doch die satten Farben der regengepeitschten Bäume…

Unverwandt schaute ich zu, wie der Regen auf die Blätter prasselte. Genau wie wir Menschen Luft brauchen, um zu leben, so schienen auch sie das erfrischende Nass freudig zu empfangen. Endlos rollten die kristallklaren Regentropfen über die glatte, glänzende Oberfläche der Blätter. Wie berauscht von der Sinnlichkeit des Anblicks, saß ich einfach nur da, stundenlang. Der Geruch feuchter Erde, der Geruch von Blättern und Gras. Ich selber rieche auch, dachte ich. Ströme einen Geruch aus. Bin wie die Bäume, die sich mit allen Poren dem Himmel öffnen. An der Fensterscheibe rann eine ganze Kaskade von Regentropfen herab, durchsichtige Spuren, durchtränkt von den Farben der Bäume. Es war wie ein Film, der vor mir ablief.

Ich schaute zum Fenster hinaus, bis es dunkel wurde im Zimmer.

In der Dämmerung, während sich der weißliche Himmel allmählich grauschwarz färbte, schien das Geräusch des Regens lauter und lauter zu werden.

Ich musste eingenickt sein. Plötzlich wachte ich auf. Aus der Küche stieg mir der Geruch nach heißem Öl in die Nase. Ah, das kommt mir bekannt vor, dachte ich halb schlaftrunken. Draußen war es finster. Stille. Die Vögel hatten heute vor Einbruch der Dunkelheit auch nicht gezwitschert. Ich ging in die Küche. Da stand Vater am Herd, wandte mir seinen schmalen Rücken zu. Er briet Eier.

»Oh, was für eine Überraschung! Papas Omelett! Lange nicht mehr gehabt.«

Als ich noch klein war, hatte Vater oft für uns Omelettes gebraten. Mit Zwiebeln und viel, viel Butter. Zwar hatten wir nachher den ganzen Tag Sodbrennen, aber der schwere, süßliche Geschmack war einfach himmlisch. Dieses Omelett war vielleicht das Einzige, womit Vater uns begeistern konnte. Ich holte schon mal Bier aus dem Kühlschrank, richtete den Rest gedünsteter Pilze vom Vortag an, stellte Gläser und Teller auf den Tisch.

»Der Trick ist, du musst die Butter in die verquirlten Eier reintun«, sagte Vater.

»Nicht in der Bratpfanne zergehen lassen?«

»Genau, in die Bratpfanne kommt nichts«, antwortete er.

»Auf die Idee wär ich nicht gekommen. Deshalb triefen die Dinger so vor Fett… Na, jedenfalls sind sie ziemlich speziell, und superlecker!«

»Find ich auch«, sagte Vater voller Stolz.

Auf dem Tisch meiner provisorischen Bleibe ein

schlichtes Abendessen, Papas Spezialität. Meine Zukunft hielt nicht ein einziges Versprechen für mich bereit, es gab nur das Hier und Jetzt. Warum Vater hier lebte, warum er nicht nach Hause zurückkehrte, obwohl seine Familie ihn liebte, konnte ich jetzt ein wenig verstehen. Auch er blickte in eine ungewisse Zukunft, es gab keine überzeugenden Alternativen, nichts, was ihm unbedingt erstrebenswert, als richtig oder falsch erschienen wäre.

Das Omelett schmeckte zum Sterben gut. Seit langem hatte ich wieder einmal das Gefühl, das Leben lohne sich, und trank viel mehr Bier, als ich vertrug. Jetzt gönnst du dir noch einen Film, und dann gehst du schlafen, dachte ich. Das Leben hat viele Farben, und meine Seele ist voll von schönen Momenten, so voll wie der Himmel mit Sternen. Warum also dem Leben einen einzigen Sinn aufzwingen, der es doch nur grau und eintönig machen würde? Hüten wir uns davor, ein für alle Mal.

The Sound of Silence

Wie kommt es, dass man Dinge, die eigentlich verborgen bleiben sollten, bei nahestehenden Menschen oft schon durch leiseste Anzeichen erahnt? Wann und wie verfestigt sich die Ahnung zur Gewissheit, ohne dass man je etwas bestätigt bekommen hat?

Diese Frage hat mich in meinem Leben immer wieder beschäftigt.

Es ist, als würde man nach einem Stromausfall festen Schrittes zum Kasten mit den Sicherungen gehen, obwohl es stockfinster ist in der Wohnung. Oder als würde man versuchen, eine hinter den Schreibtisch gefallene Grußkarte mit einem Lineal wieder hervorzuangeln. So ähnlich. Man weiß, etwas ist da, man kann es sogar berühren, und dennoch ist es mit dem Auge nicht erkennbar. Irgendwie nervig, aber auch interessant.

Derlei Gedanken gingen mir durch den Kopf, wenn in der Schule der Liebesvirus ausbrach und man schnell wusste, welche Mädchen und welche

Jungs angesteckt waren, obwohl alle es zu verheimlichen versuchten; wenn einer sich in die Freundin seines Freundes verliebte und so tat, als wäre nichts; oder wenn man darauf wetten konnte, dass sich zwischen der jungen Lehrerin und dem jungen Lehrer etwas anbahnte…

Ähnlich war es bei einer Freundin, deren Eltern den Eindruck erweckten, als hätten sie eine wunderbare Beziehung zueinander. In Wahrheit hatten sie sich völlig auseinandergelebt. Die Freundin sagte nie etwas, aber man spürte, wie sehr sie darunter litt.

Der Blick, das Spiel der Hände, die Art, sich zu kleiden. Sei es nur eine kleine Geste, ein kurzes Staunen – irgendetwas kommt immer zum Vorschein. Nein, sogar ohne Anlass weiß man plötzlich, was los ist. Alle merken es, mehr oder weniger. Selbst wenn es ihnen nicht wirklich bewusst ist.

Und nicht nur das. Sowohl derjenige, der etwas verheimlicht, wie auch derjenige, vor dem dieses Etwas verheimlicht wird, beide wissen tief im Herzen, dass da etwas in der Luft liegt. Es aussprechen oder nicht aussprechen – ein kleiner Unterschied nur. Wenn die Linie einmal gezogen ist, kann sich unter dem Druck der Zeit ein immer größerer, tieferer Riss auftun. Allerdings kann einem das Schweigen auch höllischen, unheilbaren

Herzenskummer ersparen. Sicher hängt es vom Charakter eines Menschen ab, aber ich bin überzeugt, dass Körper und Seele viel empfindlicher sind, dass sie viel, viel mehr Informationen aufnehmen und aussenden, als man glaubt. Dieses mysteriöse Wirken hat bisweilen etwas Furchteinflößendes, dem ich mich schutzlos ausgeliefert fühle. Manchmal spendet es Trost, und manchmal zieht sich mir vor Schmerz das Herz zusammen.

Zur Feier des bestandenen Oberschulexamens hatte ich beschlossen, mit einer Freundin nach Guam zu fahren, wo wir einen Tauchkurs besuchen wollten. Für die Erneuerung des Reisepasses brauchte ich einen Auszug aus dem Familienregister, den ich mir vom Einwohneramt zuschicken ließ. Ich öffnete den Umschlag und sah das Dokument zum ersten Mal mit eigenen Augen. »Also doch!«

Ich war ein Adoptivkind.

Als ich sagte, ich wolle den Pass erneuern, machte Mutter ein Oh-jetzt-ist-es-so-weit-Gesicht, doch schon im nächsten Augenblick fasste sie sich wieder und reichte mir, als wäre nichts gewesen, Namensstempel und Versicherungsausweis. Ob sie dachte, sie ist ja erwachsen, soll sie sich ihre eigenen Gedanken machen, oder sich einfach dafür entschied, die Sache weiterhin totzuschweigen, weiß ich nicht. Ich weiß nur, dass Mutter einen kurzen Moment zögerte. Und obwohl ich ihr Zögern bemerkte, ließen wir uns die Chance, endlich Klarheit zu schaffen, zum wer weiß wievielten Mal entgehen.

Vater und Mutter sind schon recht alt. Seit mein Vater nicht mehr arbeitet, gehen sie jeden Morgen spazieren, ohne Ausnahme. Mag es im Winter noch so eisig kalt sein, gemächlich, gemächlich gehen sie nebeneinanderher. Gehen, eingehüllt in die gleichen alten, schwarzen Mäntel, die Arme eingehakt, auf dem in der Morgensonne glitzernden Asphalt schweigend nebeneinanderher. Auch im Hochsommer, wenn der Vater sein ärmelloses Unterhemd trägt und die Mutter eine Leinenbluse, sehen die beiden in ihrer etwas weniger harmonierenden Aufmachung reizend aus; ein liebenswürdiges, in die Jahre gekommenes Pärchen.

Da ich jeweils spät aufstand, sah ich aus dem Fenster meines Zimmers nur noch, wie die beiden davongingen. Oft dachte ich mir dabei: Echt komisch, dass diese alten Leutchen mein Vater und meine Mutter sind.

Wenn meine Gedanken weiterschweiften, kamen mir automatisch zwei Szenen von früher in den Sinn.

In der einen Szene sehe ich meinen Vater vor mir, wie er jedes Mal, wenn es bei uns Streit gab, einen bestimmten Satz sagte. Es lief immer nach dem gleichen Muster: Mutter begann aus irgendeinem Grund wütend herumzuschreien, während ich weinte und meine Schwester trotzig schwieg… Da sagte Vater etwas. Immer das Gleiche.

»Bitte hört auf, ich möchte nicht an die Geschichte von damals erinnert werden.«

Klein, wie ich war, verstand ich die Bedeutung nicht. Doch sobald diese Worte fielen, veränderte sich die Stimmung. Mutter und Schwester wurden auf einmal ganz niedergeschlagen und starrten schweigend vor sich hin. Weiterzanken mochte jetzt niemand mehr.

Die andere Szene spielte sich während eines Familienausflugs ab, im frühen Herbst.

Mein Leben lang musste ich immer wieder an diese eine Szene denken. Sogar das Spiel von Licht und Schatten sehe ich genau vor mir, so dass ich unwillkürlich die Augen zusammenkneife. Mir wird dann, als würde ich mich in jenem Glitzern und Funkeln des Wassers auflösen.

Ich habe eine Schwester, die fünfzehn Jahre älter ist als ich.

Sie sah damals aus wie ein Girl aus den siebziger

Jahren und war recht hübsch. Sie genoss das Leben, hatte viele Männer. Dauernd war sie irgendwo unterwegs, aber sie war sehr lieb zu mir, nahm mich dahin und dorthin mit, kaufte mir dieses und jenes. Ihre Fürsorge kannte keine Grenzen, manchmal war es fast zu viel des Guten. Sie interessierte sich für meinen Freundeskreis, machte oft auch Bemerkungen dazu, und in den Sommerferien half sie mir immer bei den Hausaufgaben, ganze Nächte hindurch.

Der Blick meiner Schwester, ja ihr ganzes Benehmen wirkte manchmal unheimlich, bedrohlich, was gar nicht zu ihrem Alter passen wollte. Manchmal hatte ich das Gefühl, ein in die Enge getriebenes Wesen vor mir zu sehen.

In jenem Jahr hatte Vater gerade bei einer neuen Firma angefangen und konnte keine Sommerferien nehmen. Aber er versprach, im frühen Herbst mit uns wegzufahren. Vater kannte jemanden, der ein ziemlich altes, aber stattliches Hotel im traditionellen japanischen Stil führte. Wir blieben drei oder vier Tage. Zu unserem Zimmer gehörte auch ein kleines Quellenbad im Freien. Ich war etwa zehn Jahre alt damals.

Seltsam, wie frisch und lebendig die Farben von Kindheitserinnerungen sein können. Ich frage mich, warum?

Das Make-up und das vornehme Kleid von Mutter, Vaters kurzärmliges Hemd, die Tatamimatte – die Farben all dieser Dinge sehe ich noch ganz deutlich vor mir.

»Lasst uns nach dem Abendessen etwas trinken gehen. Hier gibt's ja wohl nichts anderes, oder? An der Straße weiter vorn ist eine Kneipe, die sieht gemütlich aus«, sagte die Schwester. Sie lag auf dem Boden und lackierte sich die Fingernägel.

»Diese roten Nägel… Lass das bitte«, sagte Mutter. »Ich will mich doch nicht schämen müssen!«

»Tja, dann malen wir was obendrauf«, sagte die Schwester, aber alle wussten, dass sie mit genau diesen knallroten Nägeln ausgehen würde.

»Ich bleibe hier. Nach dem Essen hab ich keine Lust mehr«, brummte Vater hinter seiner Zeitung.

»Dann gehen also nur wir Frauen, zu dritt«, sagte Mutter.

»Du kommst auch mit, nichts da mit Schlafen!« Übermütig schlug die Schwester mir auf die Fußsohlen. Dann zog sie die Nase kraus und lachte schelmisch. Ach, wie liebte ich dieses Gesicht!

Die Bäume im Garten waren noch immer saftig grün. Weit streckten sie ihre Äste in den milchigen Himmel, der den Herbst ankündigte. Im Teich vor unserem Zimmer sprangen ab und zu fette Karpfen aus dem Wasser. Wir genossen es, in diesem schatti-

gen, fremden Zimmer einfach nur faul herumzu-
liegen, zu plaudern und in den sonnenbeschienenen
Garten hinauszuschauen. Wie gute Freunde, sagt
man gern, aber auf unsere Familie traf es wirklich
zu. Vater und Mutter waren nach all den Jahren immer noch Mann und Frau, und wenn Mutter, so
jugendlich wie sie damals aussah, mit der oft älter
wirkenden Schwester zusammen war, hätte man sie
glatt für ein unzertrennliches Geschwisterpaar halten können. Ich selber war ja noch ein Grünschna-
bel, aber zu meiner Freude nahmen mich die beiden
manchmal mit auf ihre Vergnügungstouren. Natürlich war ich unglaublich stolz darauf, die Welt
der Erwachsenen miterleben zu dürfen.

Das Bad im Freien hatte es meiner Schwester angetan. Fast den ganzen Tag saß sie da drin, splitter-
nackt. Mutter machte sich schon Sorgen, weil sie
gar nicht mehr herauskam. Eines Nachmittags
wollte die Schwester unbedingt mit mir zusammen
ins Bad.

Es war zwar ein richtiges Quellenbad aus Felsen
und Steinen, aber das Wasser war nicht richtig heiß,
sondern nur lauwarm. Der Zaun, der als Sicht-
schutz zum Garten hin dienen sollte, eine billige
Bambusimitation. Wenn man im Bad saß, konnte
man jedes Wort aus dem Fernseher hören. Das
Becken war winzig klein, wie ein Spielzeugbad;

wenn einer mit angezogenen Knien drinlag, blieb dem anderen nur noch Platz, um die Füße reinzuhalten. So klein. Vater zog das große Gemeinschaftsbad vor, und Mutter wollte nur zwei, drei Mal in das kleine Bad, so dass die Schwester es fast für sich allein hatte.

Genüsslich nippte die Schwester an ihrem gekühlten Sake. Sie hatte extra Eiswürfel dafür eingekauft. Ich stellte meine Flasche Orangensaft auch in den Kübel und trank wie sie, mit genießerischer Miene und in kleinen Schlückchen. Es war ein windiger Tag, ab und zu stach die Sonne kräftig zwischen den Wolken hervor. Schweigend saßen wir im Bad und schauten zu, wie sich das Licht veränderte und es langsam Abend wurde.

Jenseits des Zaunes konnte man die eichelförmigen, mit üppigem Grün bedeckten Berge sehen. Am späteren Nachmittag, wenn das Sonnenlicht auf die sanft geschwungenen Berge fiel, begann das Grün der Bäume feierlich zu funkeln, und die über den Himmel ziehenden Wolken färbten sich rosa, wie Zuckerwatte.

Aber wie gebannt man dem Naturschauspiel auch folgte – die feinen Nuancen im Wechsel des Lichts vermochte das Auge nicht festzuhalten.

Sobald der Körper sich ein wenig abgekühlt hatte, tauchte ich erneut ins warme Wasser, und wenn ich aufgewärmt war, setzte ich mich wieder an den Rand und trank von meinem Orangensaft.

Obwohl sie schon ganz beschwipst war, trank die Schwester fröhlich weiter und knabberte getrocknete Sardinen dazu. Einen Arm auf den Felsen gestützt, saß sie da wie eine Königin und summte vor sich hin.

Ja, wenn die Schwester in ausgelassener Stimmung war, begann sie immer, Gott weiß warum, jenes berühmte Lied von Simon & Garfunkel zu summen, *The Sound of Silence*. Und zu allem Überfluss verulkte sie es auch noch. Sang immerfort im Versrhythmus: »Opas Unterhos, Opas Unterhos, guck mal Opas Unterhooos…« Das hatte sie offenbar mal in der Schule gelernt. Ich musste an einen Haufen sturzbetrunkener, grölender Männer denken. Ihre langen Beine sahen im Wasser ganz krumm aus. Das Schamhaar wogte wie Seetang hin und her. Zwischen ihren Brüsten rann Schweiß.

Während ich sie gebannt anstarrte, dachte ich plötzlich: Ah, ihre Fingernägel, sie haben die gleiche Form wie meine… So ist das eben bei Geschwistern.

Auch die Zehennägel, die Haare, die Form der Nase waren sehr ähnlich. Wenn ich einmal groß bin, werde ich bestimmt so aussehen wie sie, dachte ich.

Platsch! Ich glitt ins Wasser und sagte: »Nachher geh ich mal raus, ja?«

»Ich trink hier noch ein bisschen.«

»Schwester...«

»Was denn?«

Es ist mir noch heute ein Rätsel, wie ich auf die Idee kam, das zu sagen.

»Du und ich... wir sind uns so ähnlich wie Mutter und Kind, findest du nicht?«

Die Schwester machte große Augen. Nur für einen winzigen Moment senkten sich ihre langen Wimpern. »So!«, sagte sie, nahm schwungvoll die Sakeflasche aus dem Eiskübel und füllte ihr Glas. In einem Zug trank sie es leer und tauchte bis über den Kopf ins Wasser. Ich guckte noch immer überrascht, da tauchte sie prustend wieder auf, wie ein Meerungeheuer, und sagte: »Puhhh, tut das gut!«

Dann war es wieder einen Moment still.

Mehr zufällig als bewusst schaute ich zum Himmel auf. Erneut hatte er sich verändert. Das zarte Rosa war zu einem knalligen, pinkigen Rot geworden, das den Himmel bis zum fernen Horizont hin überzog, und auch die eben noch leuchtend grünen Berge waren auf einmal tiefrot gefärbt.

Während sie das Wasser aus den Haaren tropfen ließ, begann Schwester mit leiser Stimme wieder ihr

Unterhosen-Lied zu singen. Was für eine Art, sich zu verstecken.

Alles schien normal zu sein, aber jene wie eine Ewigkeit während Stille hatte mich mutterseelenallein mit ihrer Antwort zurückgelassen. Eine Antwort, die eine neue Realität bedeutete. Die Farben des Himmels änderten sich ständig. Während wir noch immer ganz gewöhnliche Geschwister waren, die sich im alltäglichen Leben wie Tiere aneinanderschmiegten, sich wärmten und beschützten, erkannte ich die Wahrheit jetzt plötzlich in den Augen der Schwester, als blickte ich in einen klaren, tiefen See.

Warum, weiß ich nicht, aber ich sah auch Vater vor mir, sein Gesicht, wenn er sagte: »Ich möchte nicht mehr an die Geschichte von damals denken.«

Ich, noch ein Kind mit dünnen Armen und Beinen und einem so gut wie flachen Busen, lag im warmen Wasser und überlegte mir, mindestens so kühl und berechnend wie ein Erwachsener, dass es am besten war, so zu tun, als hätte ich nichts gesehen und nichts bemerkt.

Wiederum schaute ich zum Himmel. Er wurde jetzt immer dunkler, langsam wich das feurige Pink einem sanften Indigoblau.

»Sieh mal, bei den Bergen dort, dieses Rosarot! So stelle ich mir die Farbe der Liebe vor«, sagte die

Schwester aufgekratzt. In ihrer feuchtfröhlichen Laune hatte sie wohl alles schon wieder vergessen. Selig lächelnd zeigte sie mit dem Finger in die Ferne.

»Ja, es ist wirklich schön«, sagte ich. Die glutroten Berggipfel flimmerten im Licht der letzten Sonnenstrahlen.

Es war während meiner Mittelschulzeit, als die Schwester von ihrem amerikanischen Freund ein Kind bekam und von zu Hause wegzog.

Mutter hatte mit allen Mitteln versucht, sie zurückzuhalten. Das Leben im Ausland sei hart, und außerdem sei er von seiner bisherigen Frau noch gar nicht geschieden. »Drüben wird doch alles vor den Richter gezerrt. Am Ende bleibt ihm nur die nackte Haut. Das würde mich nicht wundern«, sagte sie.

Alle in unserer Familie wussten, dass Mutter nur deshalb so sprach, weil sie traurig war.

Doch die unbändige, freiheitshungrige Schwester würde man wohl kaum länger in dieses Haus, das eher einem Kaninchenstall glich, einsperren können.

Bestürzt und ebenso traurig wie Mutter hörte ich dem Gespräch zu, versuchte mit aller Kraft, mich zusammenzureißen und nichts zu sagen.

Ich horchte tief in mich hinein, in das Durcheinander meiner Gefühle, die sich überschlugen und verschlangen wie die Linien eines Marmormusters. Wenn ich daran dachte, dass sie meine Schwester war, fühlte ich mich einfach nur traurig. Aber wenn ich an etwas anderes dachte, gab es mir einen Stich ins Herz. Die Geburt des Kindes, ein neues Leben, eine neue Familie, und mich überlässt sie einfach dem Schicksal … Heftige Eifersucht, wild lodernder, abgrundtiefer Hass packten mich. Aber sobald sie wieder meine Schwester war, schmolz dieses Gefühl dahin wie Schnee auf dem Ofen. Zurück blieb nur ein See von Wehmut, klar und still. Dass meine Gefühle wie beim Roulette zwischen zwei völlig verschiedenen Farben herumgewirbelt wurden, war eine neue, auch interessante Erfahrung für mich.

Das Thema hatte sich nach dem Abendessen ergeben, als wir zum Dessert Kuchen und Früchte aßen. Vater saß vor dem Fernseher. Es schien, als würde er nicht viel mitbekommen, nur manchmal murmelte er, soll sie doch machen, was sie will, oder so ähnlich.

Wir waren alle traurig. Aber die Tatsache, dass im Bauch der Schwester ein Kind heranwuchs, hatte nun mal alles geändert.

Gerade in dem Augenblick, als Mutter mit stichelndem, spöttischem Unterton weiterreden wollte, wurde sie von Vater unterbrochen. Wir hatten seine Lieblingsphrase lange nicht mehr gehört, doch jetzt war es wieder so weit.

»Euer Vater ist nicht mehr der Jüngste, versteht ihr? Ich möchte wirklich nicht mehr an jene Geschichte erinnert werden.«

Aha, dachte ich, er hat sich eine neue Version einfallen lassen. Eine Opa-Version.

Da sagte die Schwester: »Also ich hab es satt. Wir alle tun so, als wäre nie etwas gewesen, als hätte ich mich nie in diesen Typ damals verliebt, und trotzdem muss ich immer das Gefühl haben, ihr helft mir aus der Scheiße. Es kommt mir vor wie eine ewige Lüge, das will ich kein zweites Mal mehr, auf keinen Fall. Ich habe nie etwas gesagt, aber immer gedacht, es ist falsch. Ich bereue nichts, habe mich hier auch wohl gefühlt, alles schön und gut, aber jetzt ist Schluss. Ich verstehe ja, dass ihr euch Sorgen macht bei meinem vielleicht etwas abenteuerlichen Lebenswandel. Doch hört bitte auf mit diesem scheinheiligen Getue. So wird man noch verrückt!«

Mutter schwieg. Vater brummte »Hm« und deutete ein Nicken an. Die Augen der Schwester blitzten, doch kaum hatte sie zu Ende gesprochen, wandte sie sich mir zu und schaute mich mit warmen, sanften Augen an.

»Du wirst mich dann besuchen, ja? Kannst ruhig auch für einen Studienaufenthalt kommen, wenn du Lust hast.« Sie zog die Nase kraus, lächelte. Ach, dieses Gesicht!

Schwester, Mutter, wie auch immer ich sie nenne, an meiner Beziehung zu ihr ändert sich nichts. Das glaube ich aus tiefstem Herzen. Opa, Oma, Vater, Mutter – darum geht es nicht. Wir sind eine Familie. Es so zu sehen ist das einzig Vernünftige. Es verspricht mehr Freude im Leben, eine größere Vielfalt an Möglichkeiten. Jenes flammende und doch zarte Rosa… Es umhüllte diese Familie, die ihr Schicksal angenommen hatte, wie eine Sonnenkorona, legte sich schützend um sie, ein ewig lebendiges, züngelndes Feuer.

Meine Schwester wohnt jetzt in Kanada, wo ihr Mann arbeitet. Sie hat ein Kind geboren, einen Jungen. Ihr einziges Kind. Etwa einmal im Jahr fahre ich mit Mutter zu ihr, oder sie kommt uns mit dem Kind besuchen. Der Junge ist sehr anhänglich, was ziemlich anstrengend ist, aber es macht Spaß. Wenn er mit seiner süßen Stimme nicht nur »Schwester!« ruft, sondern meinen richtigen Namen, bin ich überglücklich.

Meine Entscheidung habe ich niemals bereut.

An einem fast frühlingshaften Nachmittag ging

ich also meinen neuen Reisepass abholen, ohne dass Mutter irgendeine besondere Bemerkung gemacht hätte. Es wehte ein kühler Wind, in den sich bereits süßlicher Blumenduft mischte.

Die Hochhäuser von Shinjuku ragten weit in das blaue Himmelsgewölbe.

Ich dachte an die Berge, an die endlose Stille jenes Tages.

Ich dachte an die Schwester, an die Farbe ihres nassglänzenden Haars, als sie prustend wieder aus dem tiefen, tiefen Wasser tauchte und zu trällern begann, als wäre nichts gewesen.

Auf dem Heimweg gehst du Essen einkaufen, und dann kochst du heute Abend Pilzreis, den mag Papa doch so gern. Dazu zart gedünstete Rapsblüten und Misosuppe mit Süßwassermuscheln... Während ich derlei Alltäglichkeiten wie eine Beschwörungsformel vor mich hin murmelte und meine Gedanken und Gefühle noch ein wenig umherschweifen ließ, kehrte ich langsam wieder in mein eigenes Leben zurück.

Das rechte Maß

Du, der Gast da drüben, der lässt sein Sparbuch offen auf dem Tisch liegen, einfach so!«, flüsterte mir meine Kollegin zu, die eben mit der Bestellung zurückgekommen war.

»Ach, wirklich?«, antwortete ich. In diesem Lokal überraschte mich nicht mehr allzu viel.

Durch die Beziehungen meines Vaters, der ein eigenes Restaurant führte, hatte ich den Job als Kellnerin gekriegt. Das Café gehörte zu einem großen Unternehmen. Nur Gäste mit Mitgliederausweis waren willkommen.

Ein berühmter junger Architekt und eine nicht weniger berühmte Designerin hatten das Lokal entworfen. Der riesige Raum mit seinem sanften, dämmrigen Licht war japanisch gestylt, traditionell und modern zugleich. Mobiliar und Geschirr waren vielleicht nicht so alt oder antik, wie es schien, in ihrer Schlichtheit aber sehr stilvoll. Weil ältere Gäste besonderen Wert auf Qualität legen, wurden Tee oder Kaffee nur mit besten Zutaten und mit größter Sorgfalt zubereitet. Ich mochte dieses Café sehr.

Es kamen ganz verschiedene Leute aus ganz verschiedenen Gründen. Geschäftsleute für ihre Besprechungen, einflussreiche Personen, die unbeobachtet sein wollten, verheiratete Männer mit ihren Geliebten, hochnäsige, sich affektiert gebärdende Söhne und Töchter reicher Eltern, gebrechliche Greise, leidenschaftliche Leser, ein älteres Ehepaar, das jeden Morgen nach dem Spaziergang herkam, um Tee zu trinken – kurz, eine illustre Schar von Gästen.

Es wurde kein Alkohol ausgeschenkt, und essen konnte man nicht viel mehr als Sandwichs oder japanische Süßigkeiten, aber das tat der Stimmung keinen Abbruch. Wie in einer gewöhnlichen Kneipe passierten auch hier die unmöglichsten Dinge, war auch hier die Vielfalt an Themen und Gesprächen unerschöpflich. Für uns Kellnerinnen, kostümiert mit schwarzen Miniröcken und weißen Schürzchen, galt absolute Diskretion. Es war strikt verboten, darüber zu reden, was man gesehen oder gehört hatte; dennoch erzählten wir uns heimlich dieses und jenes und stillten so unser unterdrücktes Mitteilungsbedürfnis.

»Das glaubst du nicht, verrückt, aber da standen jede Menge Nullen nebeneinander! Was will er wohl damit? Ein bisschen protzen?«, ereiferte sich die Arbeitskollegin. »Bring du den Tee, das musst du gesehen haben.«

»Klar, mach ich. Würd mich ja interessieren, was das für einer ist«, antwortete ich.

Der grüne Tee war servierbereit. Ich stellte die vorgewärmte Teeschale auf das kleine, lackierte Tablett und machte mich auf den Weg. Es war ein rechtes Stück bis zum Gast.

»Darf ich stören, entschuldigen Sie bitte ...« Als ich das Teeset auf den Tisch stellte, wusste ich sofort, warum meine Kollegin so aus dem Häuschen geraten war.

Der Mann – unter dem eleganten schwarzen Mantel trug er einen abgetragenen Kaschmirpullover – war ungefähr Mitte sechzig und von gepflegter Erscheinung. Tatsächlich versuchte er auch meine Aufmerksamkeit auf sein Sparbuch zu lenken, indem er es zu mir hin schob. Er kam mir vor wie ein Exhibitionist, der seinen Hosenschlitz öffnete, um wildfremden Leuten den Inhalt zu präsentieren.

Wer weiß, was geschieht, wenn er mich beim Hingucken ertappt ... Vielleicht sucht dieser einsame, alte Mann nur einen Vorwand, um sich über uns beschweren zu können?

Ehrlich gesagt, gab es nicht wenige solcher Gäste,

die stets etwas herumzunörgeln hatten und das Servierpersonal mit Spezialwünschen auf Trab hielten. Nur weil sie zahlende Mitglieder waren und glaubten, der Kunde sei König, egal, wie er sich benahm.

Es ist schon öfter vorgekommen, dass eine Runde mondän gekleideter, mit Hermes-Taschen bewehrter Damen sich laut und lebhaft über ein Thema ausließ, bei dem es mir die Schamröte ins Gesicht trieb, und einmal erlebte ich sogar, wie ein Gast – er hatte in der hintersten, von Schiebewänden abgeschirmten Ecke Platz genommen – seiner Begleiterin ungeniert unter den Rock langte. Natürlich ging ich unauffällig immer wieder nachschauen, um das Gebaren zu stoppen, aber zugleich wurde mir klar, dass eine schöne, friedliche Umgebung auf die Launen mancher Leute offenbar nicht den geringsten Einfluss hatte. So weltfremd, dass ich vor Empörung die Faust hinter dem Rücken ballte, war ich nicht, aber natürlich machte es mir viel mehr Freude, wenn ein betagtes Ehepaar lächelnd sagte: »Wir fühlen uns hier beim Tee so wohl«, oder wenn ich jene ältere, stets einfach gekleidete Frau sah, die dank ihres Sohns, einem Angestellten des Unternehmens, Mitglied geworden war und ihren Kaffee genoss, als wäre sie im siebten Himmel.

… Jedenfalls gab ich mir alle Mühe, das Sparbuch zu ignorieren, und schaute eisern über die Nullen hinweg. Als ich mich vorbeugte, um Tee einzuschenken, schob er das Ding noch näher, mir direkt vor die Nase. Ich drehte den Kopf weg und konnte nur noch aus den Augenwinkeln verfolgen, wie der Tee in die Schale floss. Ich musste höllisch aufpassen, um nichts zu verschütten. Geschafft. Erleichtert richtete ich mich auf, er aber nahm sein Sparbuch und stoppte damit meine Hand, die den Teekrug hielt. »Was soll dieses Theater?!« Ich schloss die Augen und wollte mich mit einer Verbeugung empfehlen, da klatschte er sich das offene Sparbuch auf die Stirn, streckte es mir provokativ entgegen.

Unwillkürlich prustete ich los vor Lachen. Auch er lachte, ha ha ha ha! Er machte ein lustiges Gesicht dazu. Das ist keiner, der Schwierigkeiten machen will, dachte ich in diesem Moment, der will wahrscheinlich nur gucken, wie wir reagieren.

»Wenn Sie unbedingt wollen, dass ich hinschaue, dann tu ich Ihnen den Gefallen«, sagte ich, und tatsächlich reihte sich da eine ganze Girlande von Nullen aneinander.

»Wenn Sie es so offen herumzeigen, wird es Ihnen noch gestohlen. Bitte passen Sie auf, legen Sie Ihr Sparbuch an einen sicheren Ort.« Ich lächelte ihm zu und entfernte mich.

»Du bist ganz schön mutig«, sagte meine Arbeitskollegin, als ich zum Tresen zurückkehrte.

Etwa dreimal die Woche half ich in Vaters Restaurant aus. Ein kleines Lokal in einem Geschäftshaus von Akasaka. Es kamen fast nur Stammkunden, weshalb die Arbeit neben meinem anderen Job nicht allzu anstrengend war. Auf dem Speiseplan standen keine Menüs; es waren einfache Gerichte, die Vater je nach Tag und Saison mit preisgünstigen, frischen Zutaten zubereitete. Reservierungen nahm er nicht an, was wohl der Grund dafür war, dass sich eine bestimmte Sorte von Gästen nur selten blicken ließ. Offenbar gehen vornehme Leute nirgends hin, wo sie sich nicht im Voraus einen Platz sichern können. Sie mögen es nicht, zu warten oder gar abgewiesen zu werden. Vaters Restaurant besuchten meistens ganz gewöhnliche Leute oder solche, die sich nicht immer nur das Billigste leisten wollten. Wenn Gäste mit Rang und Ansehen spontan hereinschauten, benahmen auch sie sich ganz anständig und blieben nicht ewig auf ihren Stühlen sitzen, machten bereitwillig Platz für die nächsten. Die ungezwungene Atmosphäre gefiel mir.

Ist es nicht ein großes Glück, Respekt vor der Arbeit seines Vaters haben zu können? Wenn ich sah, wie mein Vater demjenigen, der eigens früher herkam, um für seinen Vorgesetzten einen Platz zu reservieren, heißen Tee offerierte und auch danach dafür sorgte, dass er nicht gelangweilt vor einem leeren Glas saß, wie er sich, ohne aufdringlich zu sein, um seine Gäste kümmerte und alle gleich behandelte, ob angesehen oder weniger angesehen – dann wurde mir erst richtig bewusst, wie stolz ich auf ihn war.

Mit meinen gerade mal dreißig Jahren war ich gewöhnlich die Jüngste im Lokal, aber da mir von klein auf eingetrichtert worden war, wie man mit Essen umgeht, kam ich ziemlich gut über die Runden. Dennoch gab es immer wieder etwas dazuzulernen, das gefiel mir.

Eigentlich war ich in meiner Jugend ein typischer Teenager, der seine Kleider gerade da liegen ließ, wo er sie abstreifte, oder sich die Fernbedienung mit den Füßen angelte. Tüten von Kartoffelchips mit Dosenbier hinunterzuspülen war jedoch nie meine Sache gewesen. Selbst wenn ich allein war, machte ich mir oft die Mühe, etwas Kleines zuzubereiten. Und wenn es auch nur etwas aus der Packung war, arrangierte ich es in einer Schale und trank mein Bier dazu aus dem Glas. Eine Selbstverständlichkeit für jemanden wie mich, deren Eltern sich in der Welt der Gastronomie kennengelernt hatten. Ich dachte mir nichts dabei, ich machte es einfach so.

Dass es leckere Sachen zu essen gab, mochte ich natürlich auch. Vater hatte zu Hause fast immer für uns gekocht, aber im Restaurant, bei der Zubereitung selbst kleiner Gerichte, ging er mit anderem Eifer zu Werke. Tagsüber in einem geschmackvoll eingerichteten Café mein Geld verdienen und nebenbei lernen, wie man guten Kaffee oder Tee kocht; abends, wenn Mutter von der Arbeit erschöpft war oder etwas zu tun hatte, bei Vater im Restaurant aushelfen, bis ihm vor Müdigkeit das Messer aus der Hand fiel – das war mein Leben, denn es war stets mein unerschütterlicher Vorsatz gewesen, so viele Erfahrungen zu sammeln wie möglich. Ein vornehmes japanisches Lokal zu führen, traute ich mir nicht zu, aber eine einfache Kneipe, das schon. Ein ferner Zukunftstraum. Ich stellte mir bereits vor, zu welchen Snacks ich welchen Sake servieren würde. Und natürlich wünschte ich mir einen Partner, der mir helfen würde.

Doch die Sache hatte einen Haken: Weil die Arbeit mich so sehr in Anspruch nahm, verbrachte ich Sonntag für Sonntag todmüde im Bett. Für eine intensive Freundschaft hatte ich weder genügend Zeit noch Kraft. Zwar hatte ich einige Freunde gehabt, aber nur kurz. Nach ein paar Wochen oder

Monaten war immer wieder Schluss gewesen. Meine Beziehungen lösten sich wie von selbst auf.

Als ich an jenem Tag in Vaters Restaurant erschien, knurrte er mich an: »Mensch, was hast du angestellt?!«

»Wo, hier? Ich bin ja erst gekommen, und gestern sind wir doch zusammen nach Hause gefahren«, sagte ich.

»Nein, da, wo du tagsüber arbeitest.«

»Nichts, wieso denn?«

Während ich bei den Vorbereitungen half, sah ich wieder das Gesicht des Alten mit dem Sparbuch vor mir.

»Saitō hat ausrichten lassen, der Besitzer wolle mit dir reden«, sagte Vater.

Herr Saitō war einer seiner Stammgäste. Er war es, der mich dem Café empfohlen hatte. Ich ahnte nichts Gutes. War der alte Mann, den ich noch nie gesehen hatte, etwa dessen Besitzer?

Kurz darauf füllte sich das Restaurant mit Gästen, wir hatten alle Hände voll zu tun. An dem Abend kam das Thema zwischen mir und Vater nicht mehr zur Sprache.

Am nächsten Tag bat mich der Chef des Cafés, etwas früher mit der Arbeit aufzuhören. »Sie werden erwartet«, sagte er. Nachdem ich mich umgezogen hatte, ging ich zum sogenannten »Separée«. Tatsächlich, da saß er wieder, mein alter Bekannter. Er trug eine teuer aussehende Daunenjacke, darunter den gleichen Kaschmirpullover wie am Tag zuvor.

Meine Arbeitskollegin brachte Wasser. »Du Arme, jetzt kriegst du einen Rüffel und wirst gefeuert, bloß weil ich wollte, dass du hingehst und dir das anguckst.« Das sagte sie nicht – es stand ihr ins Gesicht geschrieben, deutlicher, als gesprochene Worte es hätten ausdrücken können. Lächelnd nickte ich, bedeutete ihr: »Schon gut, mach dir keine Sorgen«, und sagte dann: »Für mich auch einen grünen Tee, bitte.« Mit bedauernder Miene ließ sie uns allein.

»Ich ahnte nicht, dass Sie der Besitzer dieses Lokals sind, es tut mir aufrichtig leid«, entschuldigte ich mich.

Soweit es bekannt war, hatte sich der Besitzer frühzeitig aus der Geschäftsleitung zurückgezogen und seinem Sohn die Verantwortung übergeben, aber als einstiger Mitbegründer des Unternehmens und angetan vom Vorschlag seiner Frau, eine Art Memberklub einzurichten, wo Firmenangestellte, deren Angehörige und Freunde gemütlich beieinander sein können, ließ er dieses Café entwerfen und mietete dafür Räumlichkeiten im Gebäude seiner

Firma an, alles auf eigene Kosten. Sogar den Gewinn wollte er der Firma spenden. Ich hatte auch gehört, dass seine Frau wesentlich an der Organisation und Ausstattung des Cafés beteiligt gewesen war.

»Wie sollten Sie das auch wissen, ich bin ja noch nie hier gewesen.«

Ich schaute mir den alten Mann genauer an und bemerkte, wie glatt seine Haut war. Er sah überraschend jung aus.

Auf einmal begann er zu erzählen, langsam und immer wieder innehaltend.

»Vor drei Jahren ist meine Frau gestorben, und mein einziger Sohn hat eine Familie, daher bin ich allein in ein kleines Haus gezogen. Leider nicht gerade in der Nähe von hier. Meine Frau hatte sich wahnsinnig auf ihren ›Salon‹, wie sie gern sagte, gefreut, sie träumte davon, jeden Tag hierherzukommen. Schauen Sie, das sind alles Dinge von zu Hause, jener Geschirrschrank dort, die Teeschalen, die Krüge… Tja, und dann ist sie gestorben, bevor ihr Traum in Erfüllung gehen konnte… An einem Ort wie hier geht das Geschirr mit der Zeit natürlich kaputt, das ist traurig, aber andererseits, was soll ich damit, wenn ich sterbe? Man kann ja nichts mitnehmen. In einem Schuppen bei mir zu Hause liegt noch vieles herum, das wird früher oder später hier landen, denke ich. Für Nachschub ist also gesorgt.«

»Ich kenne mich mit Antiquitäten nicht aus, aber hier zu arbeiten macht wirklich Spaß. Eine gemütliche Atmosphäre, als wäre man bei einem guten Freund eingeladen.« Es kommt ja wohl nicht mehr darauf an, was ich sage, dachte ich, versuchte aber trotzdem zu retten, was noch zu retten war.

Wie kommt ein so kultivierter Mensch dazu, wildfremden Leuten sein Sparbuch zu zeigen? Der Mensch ist ein unergründliches Wesen.

Meine Kollegin brachte den Tee. Zum ersten Mal saß ich als Gast hier. Der Tee schmeckte vorzüglich. Beim Trinken berührte ich die Schale nur leicht mit den Lippen. Sie schien das Aroma erst richtig zur Geltung zu bringen.

»Ich dachte, es würde mich nur traurig stimmen. Daher habe ich mich lange gescheut, diesen Ort aufzusuchen.«

»Von jetzt an ändert sich das vielleicht? Sie sind jederzeit willkommen«, sagte ich im festen Glauben, sogleich entlassen zu werden. Ich lächelte angespannt.

»Haben Sie nachher Lust auf ein Rendezvous?«

In Ihrem Alter! Was denken Sie sich? Und selbst wenn Sie noch so viele Nullen im Sparbuch haben – Ihren Wunsch muss ich leider ausschlagen, antwortete ich in Gedanken.

»Wenn ich es ablehne, werde ich dann entlassen?«

Schon wollten die Worte über meine Lippen, aber im letzten Moment hielt mich etwas zurück. Gewiss, die Frage mochte berechtigt sein, aber es klang fast so vulgär, wie wenn ich gesagt hätte: »Wie viel krieg ich denn dafür?« Jemand wie er, der nicht nur viele Erfahrungen gemacht, sondern noch dazu seine Lebensgefährtin verloren hatte, verdiente das nicht. Selbst wenn er es nicht lassen konnte, mit seinem dicken Sparbuch zu prahlen.

Manchmal reagiert mein Körper so. Worte, die wie kleine vorwitzige Wesen aus meinem Mund purzeln wollen, bleiben plötzlich stecken. Wenn ich mir dann im Nachhinein überlege, warum, finde ich meistens eine Antwort.

Schließlich sagte ich: »Ich muss jetzt los zur Arbeit. Möchten Sie nicht mal bei meinem Vater vorbeischauen? Reservieren geht nicht, möglicherweise ist das Restaurant auch schon voll, aber wir stellen einfach einen zusätzlichen Stuhl an die Theke. Sie sind herzlich eingeladen. Das Essen wird Ihnen bestimmt schmecken!«

Verblüfft blickte der Alte mich an. Mit so etwas schien er nicht gerechnet zu haben. Natürlich, wo er doch sicher all diese feinen Restaurants kannte und sich dachte, was soll ich mich von dieser suspekten Person zum Laden ihres Vaters abschleppen lassen? Lächerlich!

Doch er folgte mir.

Sein Name war Shinjō. Als ich mit ihm erschien, war Vater zuerst überrascht, dann schaute er mich an mit einem Gesicht, als wollte er mir sagen: »Am liebsten würde ich dir den Hals umdrehen«, aber schon im nächsten Augenblick fasste er sich und war wieder der gewohnt aufmerksame Hausherr, dem nichts über das Wohl seiner Gäste ging. Wider Erwarten war noch niemand da, und so konnte sich Shinjō einen gemütlichen Platz aussuchen. Er nahm sich Zeit, trank langsam, bestellte ein paar Häppchen zum Essen, dann kehrte er in bester Laune nach Hause zurück. Ich begleitete ihn auf die schmale, staubige Straße hinaus, wo bereits ein Taxi wartete. Als es losfuhr und ich hinterherwinkte, dachte ich erleichtert, ah, Glück gehabt. Jetzt haben wir nicht nur einen neuen Stammgast, ich muss mir sicher auch keine Sorgen mehr um meine Arbeit machen.

Ehrlich gesagt, gab es damals noch etwas anderes, was mich in Verlegenheit brachte.

Es hatte mit einem Jungen aus der Nachbarschaft zu tun, der regelmäßig spät in der Nacht zu Besuch kam, um mir auf seiner Flöte vorzuspielen. Er war noch Grundschüler, übte aber schon fleißig für die Musikhochschule.

Anfangs, in seinem ersten, zweiten Schuljahr, kam er nur sporadisch, dann immer häufiger. Ich mochte den Klang der Querflöte, und solange er nicht die halbe Nacht bei uns verbrachte, ließ ich ihn gerne spielen. In einem schallisolierten Zimmer stand sogar ein Klavier, da ich als Kind Unterricht genommen hatte und auch Mutter gelegentlich spielte. Dort konnte der Junge ungestört seiner Leidenschaft nachgehen.

Seine Eltern, klagte er, hätten immer nur die Aufnahmeprüfung im Kopf und gar nicht wirklich Freude, wenn er spiele. Außerdem hasste er seinen Lehrer. Er wünschte sich, während der Mittelschule einmal ins Ausland gehen zu können, als Austauschschüler. In der Nachbarschaft gab es Leute, die dem hochbegabten Jungen eine glänzende Zukunft prophezeiten. Selbst wenn er am Ende kein weltberühmter Musiker werde, reiche es bei seinem Talent allemal zu einer Karriere als Profimusiker, meinten sie.

Ich verstand allzu gut, dass ihm der Druck seiner Eltern zuwider war – er war ja noch so jung! – und dass er das Bedürfnis hatte, diesem Druck zu entfliehen und einfach nur zu spielen, was sein Herz begehrte. Nie wäre mir in den Sinn gekommen zu sagen: Du kannst das Zimmer gern benutzen, es ist ja für deine Zukunft. Das wäre wieder so eine blöde

Zumutung gewesen. Wenn er will, soll er bei uns zu Hause spielen können, dachte ich. Gab es einen Grund, ihm das zu verwehren?

An jenem Abend war ich todmüde nach Hause gekommen und hatte gerade eine Kompresse auf meine schmerzenden Schultern gelegt, als ich draußen vor dem Fenster leise, vertraute Flötentöne vernahm. Ich zog mir eine Jacke über und öffnete den Vorhang – da stand Taizō mit seiner langen Flöte. Sie blitzte im Dunkel der Nacht. Durch das große Schiebefenster auf der Veranda ließ ich ihn ins Haus.

Obwohl er ein feines, hübsches Gesicht hatte, wirkte er im Vergleich zu anderen Jungen seines Alters, die adrett gekleidet waren und sich manierlich benahmen, wie ein ungeschliffener, ruppiger Kerl. Aber für ihn gab es eben nichts Wichtigeres im Leben als seine Flöte, was gewiss auch seinen Charme hatte. Dennoch ermunterte ich den Jungen immer wieder: Am besten, du machst möglichst bald diesen Schüleraustausch und wirst ein hübscher, netter junger Mann. Wenn du in die Gegend von Wien fährst, könnte ich dich sogar besuchen! Ich möchte ja auch mal nach Europa und mir die Restaurants dort angucken. Wär das nicht toll?

»Ich will ins Klavierzimmer«, sagte Taizō nur.

Ein bisschen Begleitmusik zu meinem Nachttrunk kam mir nicht ungelegen, daher folgte ich ihm. Ab zwei Uhr früh, wenn Vater und Mutter zu Bett gegangen waren und schliefen, gehörte das Haus mir ganz allein. Ich konnte, ohne dass es jemand merkte, zu mir hereinlassen, wen ich wollte, aber leider gab es in meinem arbeitsamen Leben niemanden zum Hereinlassen als diesen kleinen Jungen, der noch immer zur Grundschule ging.

Auch Taizō schien heute müde zu sein, die Töne aus seiner Flöte hatten keine Kraft, keinen Glanz. Ich trank reichlich Sake und aß gesalzene koreanische Algenblätter dazu, die so schön zwischen den Zähnen knistern. Mir war schwindelig, vor Müdigkeit konnte ich kaum mehr meine Augen offen halten. Da begann die Musik auf einmal wunderbar hell und klar zu erklingen, als wäre sie zu neuem Leben erwacht. Sicher wird in Zukunft dieses und jenes passieren und mit den Erfahrungen auch der Klang sich verändern, ging es mir durch den Kopf, aber sein ureigener Ton, der in jedem Moment um Liebe zu flehen schien und dennoch nichts Kokettes, Gefälliges an sich hatte, dieser Ton würde sich wohl sein Leben lang nicht ändern.

»Ich geh jetzt schlafen, spiel einfach weiter«, sagte ich todmüde. Ich wollte nur noch ins Bett.

»Ohne Zuhörer ist es aber langweilig!«, protestierte Taizō.

»Tja, dann morgen wieder. Ich schaff es nicht mehr länger, wach zu bleiben«, sagte ich mit sanfter Stimme und ging aus dem Zimmer.

Widerwillig packte Taizō seine Flöte ein. Wenn er fertig gespielt hatte, wischte er seine Flöte stets sorgfältig ab, polierte sie, strich zärtlich mit seinen Fingern darüber. Genau wie Vater, wenn er eine japanische Zitrone oder eine Taro-Kartoffel in die Hand nahm. Ich mochte es, ihm dabei zuzuschauen.

Na dann, sagte ich und öffnete das Verandafenster. Taizō schmiegte sich eng an mich, umarmte mich. Dass das irgendwann geschehen würde, hatte ich kommen sehen.

»Du musst mich einmal heiraten«, sagte er.

»Ich glaube, du meinst etwas anderes, oder etwa nicht? Obwohl dein Zipfelchen noch gar nicht ordentlich steht, obwohl du da unten noch fast keine Haare hast«, sagte ich. Er war gerade mal zwölf Jahre alt.

»Vielleicht geht es doch«, sagte er und stieß mich zu Boden.

Ein Grundschüler – zum Lachen!

»In zehn Jahren überleg ich mirs mal, aber sicher nicht jetzt.«

Ich nahm seinen Kopf in meine Hände, wie bei einem kleinen Kind. Sein Haar roch nach Heu. Es roch gut.

»Ich verstehe«, sagte er enttäuscht, dann berührte er mit einer Hand meine Wange und fuhr mir mit der anderen sacht über die Haare. Noch ein Kind und doch schon ein Mann… Ich spürte, wie sich mein Herz zusammenzog. Mit etwas Hartem in der Hose und ohne sich noch einmal nach mir umzudrehen, ging er weg. Armer Kerl, dachte ich. Wir hätten es im Bett miteinander versuchen können, es wäre einfach gewesen, aber sicher nicht vernünftig. Sollte er erst einmal in die Welt hinaus, ein charmanter Jüngling werden, Mädchen lieben lernen… Es war mir gar nicht danach, seine ganze angestaute Energie aufzufangen, die für diese Dinge vorhanden war – schon gar nicht mit meiner Kompresse auf der Schulter.

Shinjō kam von da an fast jeden Tag.

Und Tag für Tag bat er mich, zu ihm nach Hause zu kommen und etwas zu kochen. Meine Arbeitskollegin feuerte mich neckisch an: »Heirate ihn, Hauptsache, du kriegst sein Erbe«, und als ich sagte: »Was nützt mir das, wenn er neunzig wird und ich es so lange mit ihm aushalten muss?«, antwortete sie: »Du kannst mich ja als Haushälterin anstellen, zu einem besonders guten Gehalt natürlich, gell? Ich wohne bei euch, und wir haben unseren Spaß zusammen.« Sie lachte.

An dem Abend war es sehr, sehr kalt.

Zudem hatte sich mein Vater am Vortag schrecklich über mich geärgert, was noch immer meine Stimmung trübte. In der Hektik war ein Reisgericht viel zu lange auf dem Tresen stehengeblieben. Als ich es dem Gast servierte, beschwerte der sich prompt. »Das ist ja kalt!«, rief er und machte ein verdrossenes Gesicht. Solche Dinge passieren mir immer wieder. »Du bist übermüdet, ich springe heute für dich ein«, hatte darauf Mutter am Morgen gesagt, obwohl sie selber in den Wechseljahren war und sich nicht wohl fühlte.

Ich will keineswegs eifersüchtig oder neidisch sein, aber Vater und Mutter waren sich sehr ähnlich, nicht nur im Gesichtsausdruck, sondern in ihrer ganzen Art. Wenn die beiden im Restaurant arbeiteten, herrschte eine Harmonie, die mit mir undenkbar war. Alles ging Hand in Hand, ein gleichmäßig fließender Rhythmus, der auch bei Streitigkeiten und Stress nie ins Stocken kam. Wenn ich das sah und mir dazu noch meine Nachlässigkeit vorgehalten wurde, kam ich mir ziemlich überflüssig vor. In solchen Situationen wünschte ich mir nichts sehnlicher, als endlich Herrin zu sein in meinem eigenen Reich, mit meinem eigenen Partner.

Kurz vor Arbeitsschluss kam Shinjō und bestellte einen Tee. Als ich durch den Küchenausgang trat, einen freien Abend vor mir, wartete er schon auf mich. Lass uns zusammen nach Hause gehen, sagte er.

Er reichte mir den Arm, ich hakte mich bei ihm unter. Es fühlte sich viel vertrauter an, als wenn Vater oder Großvater neben mir gewesen wäre.

Und dennoch spürte ich deutlich: So wie ich in Taizō letztlich nichts anderes sehen konnte als einen kindlichen Ersatzmann, so würden die Gefühle, die Shinjō mir entgegenbrachte, nie und nimmer an die unermessliche, unerreichbare Liebe zu seiner verstorbenen Frau heranreichen.

Was, wenn Vater plötzlich ohne Mutter wäre? Ich konnte es mir gut vorstellen. Bestimmt würde auch er die Gesellschaft einer jüngeren Frau, vielleicht in meinem Alter, suchen und hoffen, sie möge ihn etwas ablenken, ein wenig Farbe in den tristen Alltag bringen.

Als mir dieser Gedanke durch den Kopf ging, fühlte ich mich sofort erleichtert.

Das Haus, in dem Shinjō wohnte, war tatsächlich sehr klein.

Umgeben von einem großen Garten, glich es eher einem Lagerschuppen. Neben dem Haus stand ein richtiger alter Speicher. Den zeigte mir Shinjō zuerst. Es war kein besonders kunstvolles Bauwerk, wirkte aber weder verstaubt, noch roch es muffig oder modrig darin. Sorgfältig verpackt, lagerten hier die verschiedensten Dinge – offensichtlich das Werk seiner Frau, die sich mit spürbarer Liebe um ihre Schätze gekümmert hatte.

Im Haus sah es erbärmlich aus. Dreckig war es nicht, dafür düster und recht verwahrlost. Eine Atmosphäre, als hätten alle Lebensgeister das Haus verlassen.

Eine Katze schlich herum.

»Warum ich mit diesem Zotteltier zusammenwohne, weiß ich selber nicht. Aber wenn ich sie beim Namen rufe, kommt sie. Wir mögen uns halt, komisch, nicht wahr?«

Erst jetzt wurde mir bewusst, wie allein sich Shinjō hier fühlen musste. Das Haus war so voll von Einsamkeit, dass es fast zu zerbersten drohte. Und diese übermächtige Einsamkeit war es wohl auch, die ihn dazu trieb, in seinem eigenen Lokal mit komischen Kapriolen junge Frauen anzumachen.

Das Fensterglas in der Küche war zerbrochen. Auf der Anrichte lag eine große leere Sakeflasche, im Spülbecken daneben hatte sich eine Reihe benutzter Gläser angesammelt. In den verwilderten Garten konnte man gar nicht hinaussehen, weil das Fenster von dichtem Blätterwerk zugewachsen war. Jedes Mal wenn der Wind blies, rauschte und knackte und ächzte es im Geäst, dass einem ganz elend wurde. Ich musste an die Geschichte des kleinen Graustars denken, der nichts vom Tod seiner Mutter wusste und Tag für Tag auf ihre Rückkehr wartete.* Eines Nachts wachte das Vogelkind auf, weil es ein Geräusch wie Flügelflattern hörte. »Mama ist wieder da!«, rief es aufgeregt und rüttelte seinen Vater wach, der sehr wohl wusste, dass Mama nicht wieder heimkehren würde. So trostlos und schmerzhaft wie für den Vogelvater hörte sich auch für mich das Rauschen des Windes an.

Während wir Sake tranken, bereitete ich ein einfaches Nudelgericht mit Pilzen, Fleisch und Gemüse zu. Er aß es mit Appetit. Ich war vom Alkohol schon ganz beduselt.

»Nur ausziehen, das genügt schon…«

Wie in Trance folgte ich seiner zudringlichen Bitte. Nicht nur das, ich schlief sogar mit ihm. Mit einem Mann, der älter war als mein Vater. Nun, wenn es mal so weit kommt, spielt das Alter keine Rolle mehr – vorausgesetzt, es klappt, und es klappte problemlos. Als ich sagte, so könne es aber nicht weitergehen mit uns, ich wolle nämlich heiraten, antwortete er ungerührt: »Und ich wollte heute

* Anspielung auf das Märchen »Mukudori no yume – Traum eines Grauen Stars« von Hamada Hirosuke, 1893–1973 (A. d. Ü.)

einfach mit dir schlafen. In meinem Alter weiß man nicht, ob man morgen noch lebt. Ich steh dir sicher nicht im Weg. Ich bin zufrieden, wenn ich hin und wieder als Gast bei deinem Vater willkommen bin, wenn ich dich in meinem Café sehen kann und du mir noch ein- oder zweimal den gleichen Gefallen tust wie heute. Ich habe nicht die Absicht, ein unausstehlicher, hässlicher Greis zu werden, der allen zur Last fällt.«

Das sagt er nicht nur so, dachte ich. Mehr als ungestillte Begierde oder das Bedürfnis, sich jemanden gefügig zu machen, war bei diesem Mann die Sehnsucht nach dem Tod zu spüren. »Wie ein alter Lüstling will ich nicht sterben, wie ein Heiliger aber auch nicht. Jedenfalls ist es schön, mit dir zusammen zu sein, auch wenn du mir vielleicht etwas vorspielst«, sagte er. Und ergänzte, da mache er sich keine Illusionen, so dumm sei er nicht.

Shinjō bestellte einen Wagen mit Chauffeur für mich. In einiger Entfernung von Zuhause stieg ich aus. Frischer Nordwind wehte mir ins Gesicht. Ich wickelte mich fest in den Mantel ein. Noch immer konnte ich seine Erregung in meinem Körper spüren, vom Nacken bis in die Fußspitzen.

Was für ein Leben…, dachte ich.

Vater und Mutter hatten um diese Zeit wohl

noch alle Hände voll zu tun mit ihrer fröhlichen, nimmermüden Gästeschar. Liebte ich vielleicht, viel mehr als mir bisher bewusst gewesen war, meinen eigenen Vater? Mit dieser trivialpsychologischen Erklärung versuchte ich mir einen Reim auf das Ganze zu machen, doch dann dachte ich, nein, für mein Leben, so wie es war, trug ich die Verantwortung, ich allein. Es hat sicher einen Grund, wenn sich heiratswillige Männer in meinem Alter stets von mir abwandten. Musste es unbedingt ein Superman sein, der alles konnte? Oder war ich einfach zu nachlässig, zu schlampig? Nein, das war es nicht... Mit derlei Gedanken im Kopf ging ich meines Weges. Etwas musste heillos aus dem Lot sein. Nur – was?

Ich kam zum Schrein, den ich immer am ersten Neujahrstag zu besuchen pflegte. Zögernd betrat ich das dunkle Gelände. Auf der anderen Seite des kleinen, halb hinter den Bäumen versteckten roten Tores war eine alte Steintreppe. Die moosbewachsenen, silbrig glänzenden Stufen führten hinauf zum Schrein. Ein ziemlich langes Stück, und steil.

Im Schrein war es stockfinster, man sah nichts. Die Silhouette der Dachspitzen schien im Wind zu zittern.

Ich warf eine Opfermünze in den Holzkasten, nahm das farbig geflochtene, dicke Seil in meine kalten Hände und schwang es hin und her. Das Glockengeläut mitten in der Nacht hatte einen hellen, warmen Klang. Dann verbeugte ich mich zweimal, klatschte zweimal in die Hände und betete.

»Bitte keine Kinder und keine Greise mehr. Schenk mir einen Partner im vernünftigen Alter, mag der Weg bis dahin noch so weit und beschwerlich sein.«

Ich blickte zum Himmel. Zwischen den pechschwarzen Umrissen der Äste glitzerten die Sterne.

In der Dunkelheit, die den Schrein umgab, leuchteten die Sterne umso intensiver.

Mir dauernd den Kopf zu zerbrechen war eine Qual. Ich nahm mir vor, es von jetzt an leichter zu nehmen. Ich hatte Gott meine innigsten Gefühle anvertraut, der Rest war Hoffen. Es kommt, wie es kommen muss, dachte ich, während ich die Steinstufen wieder hinabstieg und mich eilig auf den Heimweg machte.

Banana Yoshimoto
im Diogenes Verlag

»Eine Romanautorin als Jugendidol – bei uns unvorstellbar. In Japan jedoch hat Banana Yoshimoto genau das geschafft.« *Petra, Hamburg*

»Was für ein Talent! Banana Yoshimoto schreibt wunderbar subtile, wundersam verstörende Bücher, in denen Japans Jugend endlich eine Stimme bekommt.« *Stern, Hamburg*

»Yoshimoto schildert nicht die äußere, sondern die innere Wirklichkeit ihrer Personen. Die Farbe des Himmels und die Form des Mondes sind sichtbar gemachte Gefühle.« *Der Tagesspiegel, Berlin*

Kitchen
Aus dem Japanischen von Wolfgang E. Schlecht. Mit einem Essay von Giorgio Amitrano

N.P.
Roman. Deutsch von Annelie Ortmanns-Suzuki

Tsugumi
Roman. Deutsch von Annelie Ortmanns

Dornröschenschlaf
Drei Erzählungen von der Nacht. Deutsch von Annelie Ortmanns, Gisela Ogasa und Anita Brockmann

Amrita
Roman. Deutsch von Annelie Ortmanns

Sly
Roman. Deutsch von Anita Brockmann

Hard-boiled. Hard Luck
Zwei Erzählungen. Deutsch von Annelie Ortmanns

Eidechse
Erzählungen. Deutsch von Anita Brockmann und Annelie Ortmanns

Federkleid
Roman. Deutsch von Thomas Eggenberg

Mein Körper weiß alles
Dreizehn Geschichten. Deutsch von Annelie Ortmanns und Thomas Eggenberg

Paulo Coelho
im Diogenes Verlag

»Jede Gelegenheit, sich zu verändern, ist eine Gelegenheit, die Welt zu verändern.« *Paulo Coelho*

Der Alchimist
Roman. Aus dem Brasilianischen von Cordula Swoboda Herzog
Auch als Diogenes Hörbuch erschienen, gelesen von Christian Brückner

Am Ufer des Rio Piedra saß ich und weinte
Roman. Deutsch von Maralde Meyer-Minnemann
Auch als Diogenes Hörbuch erschienen, gelesen von Ursula Illert

Der Fünfte Berg
Roman. Deutsch von Maralde Meyer-Minnemann

Auf dem Jakobsweg
Tagebuch einer Pilgerreise nach Santiago de Compostela. Deutsch von Maralde Meyer-Minnemann
Auch als Diogenes Hörbuch erschienen, gelesen von Gert Heidenreich

Veronika beschließt zu sterben
Roman. Deutsch von Maralde Meyer-Minnemann

Handbuch des Kriegers des Lichts
Deutsch von Maralde Meyer-Minnemann
Auch als Diogenes Hörbuch erschienen, gelesen von Gert Heidenreich

Der Dämon und Fräulein Prym
Roman. Deutsch von Maralde Meyer-Minnemann
Auch als Diogenes Hörbuch erschienen, gelesen von Markus Hoffmann

Elf Minuten
Roman. Deutsch von Maralde Meyer-Minnemann

Unterwegs – Der Wanderer
Gesammelte Geschichten. Ausgewählt von Anna von Planta. Deutsch von Maralde Meyer-Minnemann

Der Zahir
Roman. Deutsch von Maralde Meyer-Minnemann
Auch als Diogenes Hörbuch erschienen, gelesen von Christian Brückner

Sei wie ein Fluß, der still die Nacht durchströmt
Geschichten und Gedanken. Deutsch von Maralde Meyer-Minnemann
Ausgewählte Geschichten und Gedanken auch als Diogenes Hörbücher erschienen: *Sei wie ein Fluß, der still die Nacht durchströmt* sowie *Die Tränen der Wüste*, beide gelesen von Gert Heidenreich

Die Hexe von Portobello
Roman. Deutsch von Maralde Meyer-Minnemann
Auch als Diogenes Hörbuch erschienen, gelesen von Gert Heidenreich

Brida
Roman. Deutsch von Maralde Meyer-Minnemann
Auch als Diogenes Hörbuch erschienen, gelesen von Sven Görtz

Der Sieger bleibt allein
Roman. Deutsch von Maralde Meyer-Minnemann
Auch als Diogenes Hörbuch erschienen, gelesen von Sven Görtz